Christa Picard

Die Tote im Apfelgarten

Die Handlung und alle handelnden Personen sind frei erfunden.
Jegliche Ähnlichkeit mit lebenden oder realen Personen wäre rein zufällig.

Die Autorin

Christa Malitz-Picard, 1950 in Bremen geboren und dort aufgewachsen, lebt mit ihrem Mann in Worpswede und ist hier schriftstellerisch tätig. Bisher sind von ihr erschienen: *Unfreiwillige Wege – Auf den Spuren der Familie Trinker* (2011, 2020[2]), *Annas Weg* (2013), *Die Engelkens – Eine Familiengeschichte aus dem Teufelsmoor* (2014) sowie die Krimis *Mord im Moorexpress* (2019, 4. Aufl.), *Verschollen im Teufelsmoor* (2021, 2. Aufl.), *Moorblues* (2019).

Titelabbildung: Linda Sundmaeker

1. Auflage 2021

ISBN 978-3-95494-243-5
www.edition-falkenberg.de

Christa Picard

Die Tote im Apfelgarten

Ein Krimi aus dem Alten Land

Edition Falkenberg

Freitag, 10. Mai

Der Schiffer löst die Leinen, die Fähre legt ab und fährt gemächlich über die Elbe. Sie steht an der Reling, schaut zurück zum Ufer und winkt. Er winkt zurück, doch dann wird seine Gestalt immer kleiner, bis sie ganz verschwindet. Wehmut steigt in ihr auf, der Gedanke schmerzt, dass viel Zeit vergehen wird, bis sie sich wiedersehen können. Und so vieles werden sie noch klären müssen, bevor sie ihr Leben teilen können.

Sie atmet tief durch und schließt die Augen.

»Hallo!«

Erschrocken dreht sie sich um.

Der Mann schaut sie an und lächelt. »So eine Überraschung, Sie hier zu sehen!«

Sie nickt zerstreut, ist mit ihren Gedanken ganz weit entfernt.

»Das ist ja toll, dass ich Sie hier treffe …«

Montag, 13. Mai

Bevor sie am Morgen das Fenster schloss, schaute Gisela Schmidt noch einmal über das Wasser. Ein Motorboot glitt tuckernd vorbei, gefolgt von zwei kreischenden Möwen. Noch schien die Sonne und ließ die blühenden Büsche auf der gegenüberliegenden Uferseite leuchten. Dunkle Wolken kündigten Regen an und der Wind frischte kräftig auf.

Gisela fröstelte. Sie entschied, sich eine warme Jacke überzuziehen und suchte nach einer passenden im Kleiderschrank. Neben dem Bett stapelten sich immer noch nicht ausgepackte Kartons. Am Wochenende hatte sie es wieder nicht geschafft die Bilder aufzuhängen. Sie griff nach ihrem Schlüsselbund, steckte das Handy in die Handtasche und verließ die Wohnung im dritten Stock. Der Fahrstuhl brachte sie in die Garage. Sie zögerte einen Moment, sah auf ihr Fahrrad, nahm aber in Erwartung des Regengusses doch lieber den Wagen.

Zur gleichen Zeit betrat Hauptkommissar Gerd Matthes das Hauptgebäude der Polizeiinspektion der Hansestadt Stade. Sicherheitshalber hatte er einen Schirm mitgenommen, war aber trockenen Fußes angekommen. Auf dem Weg in sein Dienstzimmer im Fachkommissariat 1 (FK 1) des Zentralen Kriminaldienstes der Polizei Stade grüßte er einige Kolleginnen und Kollegen. Wenig später fand sich auch Kriminaloberkommissar Jan Lühs ein und hängte seine Regenjacke an die Garderobe.

»Gerade noch so geschafft, aber gleich geht's los.« Er deutete auf die dunklen Regenwolken, die den Himmel über der Teichstraße ausfüllten. Matthes blickte aus dem Fenster und sah, wie ihre neue Vorgesetzte, Kriminalhauptkommissarin Gisela Schmidt, ihren Wagen auf dem Parkplatz abstellte, den Regenschirm aufspannte und ins Dienstgebäude eilte.

»Sie ist da«, sagte er mehr zu sich selbst. Sein Kollege hatte es aber mitbekommen und musterte ihn mit nachdenklichem Blick.

Vor den Räumen ihres Fachkommissariats begegnete Gisela Schmidt einem uniformierten Polizeibeamten, der sie freundlich grüßte. Sie nickte ihm lächelnd zu und ärgerte sich, dass sie sich seinen Namen noch nicht gemerkt hatte. Der Weg in ihr Dienstzimmer dagegen war ihr schon vertraut. Sie setzte sich an den Schreibtisch, fuhr ihren Computer hoch und schaute die Mails im Posteingang durch. Matthes klopfte und trat ein.

»Guten Morgen, Frau Schmidt. Es ist Zeit für unsere Morgenbesprechung.«

Sie grüßte zurück und studierte aufmerksam den Gesichtsausdruck ihres neuen Kollegen. Sein Mund schien zu lächeln, aber die Augen wirkten kühl. Allerdings wusste sie nicht, ob sie ihrer Wahrnehmung trauen konnte, hatte sie doch gehört, dass Matthes sich Hoffnungen auf die Leitung des FK 1 gemacht hatte, das für die Bearbeitung von Tötungsdelikten im Landkreis Stade zuständig ist. Der hochgewachsene Mann mit den kurzen blonden Haaren ging schweigend neben ihr. Er erinnerte sie an einen Kollegen aus ihrer Zeit beim Zentralen Kriminaldienst der Polizeiinspektion Verden, der ebenfalls gut aussah und heftig mit allen Mitarbeiterinnen geflirtet hatte. Matthes erschien ihr in diesem Bereich zurückhaltender zu sein.

Als sie den Besprechungsraum betraten, wurden sie bereits von Lühs und den beiden Kriminaloberkommissarinnen Hanne Beckmann und Britta Feindt erwartet. Ihnen folgte wenig später Kommissaranwärter Bernd Schuback. Gisela Schmidt wusste, dass einige Kollegen auf Lehrgängen und im Urlaub waren, somit war die Runde vollständig.

Schmidt erinnerte sich, wie sie Anfang Mai im großen Besprechungsraum des Kriminaldienstes von ihren neuen Kollegen begrüßt worden war. Es war ein großer Bahnhof, der Leiter der Polizeiinspektion Stade und sein Stellvertreter hatten sie als neue Leiterin willkommen geheißen. Mit einem Blumenstrauß hatten sie ihr zur neuen Position gratuliert und viel Erfolg gewünscht. Anschließend waren ihr das Führungspersonal der anderen Fachkommissariate sowie ihre eigenen Mitarbeiter vorgestellt worden. Während die Hauptkommissarin versuchte, sich die einzelnen Namen zu merken, hatte eine Kollegin aus dem hinteren Teil des Raumes einen Rolltisch mit Sektgläsern und Schnittchen hereingeschoben. Erwartungsgemäß waren die Vorgesetzten und die Mitarbeiter der anderen Abteilungen schnell wieder verschwunden, ihre neuen Kollegen aber eine ganze Weile geblieben, bis die Gläser geleert und die Platten leer gegessen waren. Anschließend hatte Schmidt ihr Büro in Augenschein genommen.

Seit eineinhalb Wochen versah sie ihren Dienst in Stade und konnte sich bereits ein Bild von ihren neuen Kollegen machen. Schmidt wusste jedoch nicht, was sie von Matthes halten sollte, der sehr zuvorkommend sein konnte, es aber zu genießen schien, dass die Beamten der Polizeidienststellen im Landkreis ihn stets als ersten Ansprechpartner wählten. Vor allem in diesen Momenten zweifelte sie daran, ob ihr Entschluss richtig gewesen war, ihre Führungsposition in Verden aufzugeben und nach Stade zu wechseln.

Sie wusste, dass Matthes in der Stader Altstadt lebte, geschieden und kinderlos war. In seiner Freizeit segelte er gern. Bei den Besprechungen setzte er sich meistens ihr gegenüber und suchte direkten Augenkontakt.

Hanne Beckmann, eine zierliche sechsunddreißigjährige Frau mit krausen, roten Haaren, suchte sich gern den Platz neben ihrer neuen Chefin aus. Sie war der FK-Leiterin von Anfang an sympathisch. Gleich bei ihrer Vorstellung hatte sie viele persönliche Details preisgegeben, dass sie alleinerziehende Mutter zweier Teenager war und einige Semester Psychologie studiert hatte. Außerdem praktizierte sie seit Jahren Yoga und war früher Motorrad gefahren.

Jan Lühs, 59 Jahre alt, schaute stets, dass er die rothaarige Kollegin im Blick hatte. Er arbeitete anscheinend gern mit ihr zusammen und schien sich als ihr väterlicher Freund zu verstehen. Der untersetzte Oberkommissar trug seine grauen Haare zusammengebunden im Pferdeschwanz und liebte seine ausgebeulten Jeans. In seiner Freizeit war er passionierter Modellbahnbauer und sang im Chor.

Britta Feindt wies einige Pfunde mehr in der Taille und auf den Hüften auf und war etwa fünf Jahre jünger als Lühs. Sie lebte mit ihrem Mann und ihrem Sohn samt der Schwiegerfamilie in einem Haus in der Nähe von Stade. Dort pflegte sie mit viel

Liebe ihren Blumen- und Kräutergarten und interessierte sich für esoterische Themen.

Der Jüngste in der Runde war der zwanzigjährige Kommissaranwärter Bernd Schuback, der jeden Tag mit seinem Motorrad von Hemmoor zur Arbeit fuhr. Mit seiner Freundin, einem Hund und zwei Katzen bewohnte er ein kleines Holzhaus. Wie viele in seiner Altersklasse kannte er sich gut mit Computern aus und half den Kollegen gern bei Recherchearbeiten. Und neigte, wie auch an diesem Tag, zum Zuspätkommen.

Kurz nachdem Schuback eingetreten war, klingelte Matthes' Telefon. Er nahm das Gespräch an, wandte sich vom Tisch ab und horchte konzentriert. Dann sagte er ernst in die versammelte Runde: »Die Woche geht gut los. Wir haben einen Einsatz.«

Fünf Minuten später waren die Beamten des FK 1 in ihren Einsatzfahrzeugen. Gisela Schmidt fuhr bei Gerd Matthes mit. Die Spurensicherung war ebenfalls informiert und würde ihnen folgen. »Unser Ziel liegt in der Nähe von Jork, mitten im Alten Land«, erklärte der Kommissar seiner Vorgesetzten.

Sie schluckte. Wie selbstverständlich hatte Matthes die Führung übernommen. Er fuhr auf der A 26 bis zur Ausfahrt Dollern/Steinkirchen und folgte der Straße über Mittelnkirchen nach Jork.

»Damit Sie die Gegend besser kennenlernen, biege ich hier schon mal ab. Ich hätte auch die Autobahn bis zur Abfahrt Jork durchfahren können, aber diese Strecke ist viel schöner!« Er deutete auf die malerische Deichlandschaft ringsum. Schmidt nickte und bestaunte die blühenden Obstplantagen und die prachtvolle Architektur der traditionellen Fachwerkhäuser mit ihren mehrfach vorgekragten Giebeln. Wenig später bog Matthes in einen asphaltierten Weg ein, der in eine weitläufige Apfelplantage führte. Die Reihen der halbhohen Bäume schienen schier endlos; viele von ihnen standen in voller Blüte. An einer Gabelung empfing sie ein uniformierter Beamter der Polizeistation Jork. Er begrüßte sie und wartete, bis Schmidt und Matthes in weiße Einmalanzüge geschlüpft waren. Dann führte er sie in den mit einem Flatterband abgesperrten Bereich.

Die Tote lag rücklings ausgestreckt zwischen zwei Reihen blühender Apfelbäume. Gisela Schmidt und Gerd Matthes gingen neben ihr vorsichtig in die Hocke. In ihren übereinandergelegten Händen steckte ein welker Wiesenblumenstrauß. Die langen blonden Haare umrahmten ihren Kopf. Bekleidet war sie mit einem weiten Sommerkleid, das gelb gemustert war, und einer passenden Baumwoll-Strickjacke. Den Ausschnitt schmückte eine Silberkette mit einem kleinen Fisch als Anhänger. An den Füßen trug sie weiße Turnschuhe.

Die Ermittlungsleiterin murmelte: »Seltsam! Sehen Sie nur, sie liegt dort wie aufgebahrt. Dieser Blumenstrauß in den Händen, die wie frisch gekämmten Haare, das Kleid ordentlich glatt gezogen und in Falten gelegt. Nur die offenen Augen passen nicht dazu.« Sie schienen die Ermittler anzustarren und den Schrecken eines plötzlichen Todes widerzuspiegeln.

Matthes erwiderte mit gedämpfter Stimme: »Seit wann sie hier wohl schon liegt? Es hat in der letzten Zeit nicht geregnet und es hat sich so gut wie kein Tau gebildet. Alles ist gut erhalten.«

Beide richteten sich wieder auf. Als sie sich umsahen, entdeckten sie außerhalb der Absperrung zwei Männer, die sich neben ihren Kollegen gestellt hatten; der eine jung, schmal und in Latzhose, der andere grauhaarig und kräftig in Jeans und Poloshirt.

Der Uniformierte stellte sie vor. »Das ist der Besitzer des Apfelhofs, Peter Lefers, und sein Lehrling, Jörn Ramdohr. Jörn hat die Leiche gefunden.«

Gisela Schmidt wandte sich an den Lehrling. »Wann haben Sie die Frau entdeckt?«

Der junge Mann war noch ziemlich blass, hatte sich aber wieder gefasst. »Das war um halb acht. Ich hatte gerade mit dem Mähen zwischen den Bäumen angefangen.«

»Und dann haben Sie gleich bei der Polizei angerufen?«

Ramdohr schüttelte den Kopf. »Ich war total erschrocken und bin erst mal zum Chef.«

Lefers nickte. »Er war ganz aufgelöst. Es hat einen Moment gedauert, bis ich überhaupt verstanden habe, was er mir sagen wollte. Wir sind hergelaufen und ich habe dann sofort die Polizei informiert.«

»Wie spät war es da?«

»Das muss so gegen acht Uhr gewesen sein, schätze ich.«

Der Polizist nickte. »Der Anruf ist um 8:05 Uhr bei uns eingegangen.«

Matthes wandte sich an den Obstbauern und seinen Lehrling. »Kennen Sie die Frau?«

Sie schüttelten den Kopf. »Nein, ich habe sie noch nie gesehen«, sagte Peter Lefers. »Können wir jetzt gehen?«

»Noch eine Frage: Wann sind Sie denn das letzte Mal hier gewesen?«

Lefers dachte nach. »Freitagmittag. Am Wochenende waren meine Frau und ich zu Besuch bei unserer Tochter. Sie lebt mit ihrer Familie in Kiel. Bevor wir losgefahren sind, bin ich mit Jörn durch die Reihen gegangen und habe nachgeschaut, wie sich die Blüten entwickeln.«

Die Ermittlungsleiterin nickte und bedankte sich für die Aussagen. Inzwischen waren auch die Kriminaltechniker eingetroffen. Der Abteilungsleiter sah sich die Leiche an. »Eine schlanke Frau Ende dreißig, blonde, lange Haare, etwa 1,70 groß. Erst einmal keine Anzeichen für einen gewaltsamen Tod.«

Seine Kollegen drehten die Leiche um. Am Hinterkopf wurde eine Wunde erkennbar, deren Ausmaß und Tiefe wegen der Haare und der Blutkruste vor Ort nicht einschätzbar war. Matthes wandte sich an seine Vorgesetzte.

»Das könnte die Todesursache sein. Und sehen Sie mal: Die Rückseite des Kleides und die Strickjacke sind voller grüner Streifen. Es sieht so aus, als wäre sie durchs Gras gezogen worden.«

Schmidt sah sich um. »Ja, aber nicht hier! Es gibt keine Schleifspuren.«

Einer der Kriminaltechniker ergänzte: »Wir haben im Gras keinerlei Spuren gefunden, kein Blut und keine Reifenspuren. Nichts!«

Matthes wiegte den Kopf. »Ja, wie es scheint, ist die Frau nicht hier ums Leben gekommen. Die Leiche wird jedoch nicht durch die Luft hierher geflogen sein. Ich denke, sie ist mit einem

Fahrzeug transportiert worden. Die kurze Strecke vom asphaltierten Weg bis zu diesem Platz hat sie jemand getragen. Auch wenn sie eher schlank ist, das wird eher ein Mann als eine Frau gewesen sein.«

Zurück im FK 1 versammelten sich die Kommissionsleiterin und ihr Team im Besprechungszimmer. Schmidt eröffnete die Sitzung.

»Wir werden jetzt das erste Mal gemeinsam ermitteln. Ich werde in nächster Zeit sicher Ihre Unterstützung brauchen, da ich mich hier in der Gegend noch nicht so gut auskenne. Und ich wünsche mir eine gute Zusammenarbeit mit Ihnen. Doch jetzt zu unserem Fall. Die weibliche Leiche wurde heute früh in einer Apfelplantage entdeckt. Nach bisherigem Ermittlungsstand müssen wir von einem gewaltsamen Tod ausgehen. Der Obstbauer hatte das letzte Mal am Freitagmittag nach seinen Bäumen geschaut. Der Fundort ist nicht der Ort, an dem sie ums Leben gekommen ist. Daher muss die Tote in der Zeit zwischen Freitagmittag und Montagmorgen dort abgelegt worden sein. Das ist ein ziemlich langer Zeitraum und wir haben noch keinen Anhaltspunkt zur Todeszeit. Genaueres erfahren wir erst nach der Obduktion.«

Schmidt machte eine Pause und trank einen Schluck Wasser. Sie griff nach dem Foto mit der Nahaufnahme des Gesichts und reichte es herum.

»Noch wissen wir nicht, um wen es sich bei der Toten handelt. Das herauszubekommen hat höchste Priorität. Bitte gehen Sie alle Vermisstenanzeigen der letzten Tage durch und stellen Sie fest, ob eine Frau dabei ist, die unserer Toten ähnlich sieht. Sie hatte weder Papiere noch ein Handy dabei, auch keine Schlüssel und trug keinen Ehe- oder Verlobungsring. Die Silberkette mit dem Fischanhänger ist ihr einziger Schmuck. Das könnte ein Anhaltspunkt sein. Ich befürchte aber, dass es solche Ketten häufiger gibt.«

Schmidt hielt ein Bild hoch, das den Schmuck in Vergrößerung zeigte.

»Stimmt. Die werden hier in der Gegend auf Märkten und in kleinen Läden verkauft.« Britta Feindt kannte sich anscheinend aus.

Bevor die MoKo-Leiterin die Sitzung schloss, ergriff Matthes das Wort.

»Falls sich hier nichts ergibt, müssen wir die Suche auf einen größeren Umkreis ausweiten, auch auf Hamburg und die andere Elbseite.«

Schmidt blickte in die Runde. »Ich werde jetzt die Staatsanwaltschaft und unsere Chefs informieren. Kümmern Sie sich bitte um die Vermisstenanzeigen.«

Sie zog sich in ihr Büro zurück. Als sie nach einer halben Stunde in das Besprechungszimmer zurückkehrte, traf sie nur noch Matthes an, der die Stellung gehalten hatte und nun seinen Laptop zuklappte.

»Wir haben für den Einsatz unserer Mordkommission grünes Licht bekommen. Die Kollegen aus dem FK 1 gehören ohnehin dazu.«

Matthes nickte. »Gut. Bisher waren wir bei der Suche nach der Identität der Toten noch nicht erfolgreich.« Seine Stimme klang bedauernd.

Die Vorgesetzte winkte ab. »Wir sind ja noch ganz am Anfang. Trotzdem wünsche ich uns einen schnellen Ermittlungserfolg, auch damit die Angehörigen bald wissen, was dem Opfer widerfahren ist und warum.«

Am Nachmittag machten sich Gisela Schmidt und Gerd Matthes auf den Weg nach Hamburg in die Rechtsmedizin, wohin die Leiche der Frau gebracht worden war. Bevor Matthes das Dienstfahrzeug aufschloss, wandte er sich an seine Vorgesetzte.

»Soll ich fahren?«

Immerhin fragt er, dachte sie, nickte und lächelte.

»Sie kennen die Gegend besser als ich!«

Als sie die Abteilung für Rechtsmedizin der Uni-Klinik betraten, warteten schon der Pathologe Dr. Bartels und ein weiterer Kollege auf die Kommissare. Kurz darauf traf auch der zuständige Staatsanwalt aus Stade ein. Nach kurzer Begrüßung traten alle an den Tisch, auf dem die Leiche lag. Bartels deutete auf die Tote: »Wir haben die Obduktion gerade abgeschlossen und ich fasse für Sie die Ergebnisse kurz zusammen. Ich schätze das Opfer auf Mitte/Ende dreißig. Sie war in gutem körperlichen Zustand. Alle Organe top, guter Zahnstatus, drei Keramikinlays. Die werden inzwischen in vielen Zahnarztpraxen selbst hergestellt. In welcher, lässt sich daher leider nicht feststellen. Wie Sie sicher bemerkt haben, hat sie ziemlich gut ausgesehen.« Bartels zeigte auf das ebenmäßige Gesicht mit den langen blonden Haaren und dem schlanken, wohlgeformten Körper.

»Sie hat übrigens mit Kaiserschnitt entbunden. Damit können Sie nach einer Frau mit einem oder mehreren Kindern suchen. Weitere Operationsnarben haben wir nicht gefunden. – Der Todeszeitpunkt liegt etwa drei Tage zurück.«

Dr. Bartels hob den Kopf der Leiche hoch. »Zur Todesursache: Sie haben ja die Wunde am Hinterkopf schon gesehen. Der Schädel ist durchschlagen und das Hirn verletzt worden. Da war ein sehr harter Gegenstand im Spiel. Nach Art und Form der Verletzung tippe ich auf etwas Kantiges. Es könnte sich um einen Pflasterstein aus Granit oder Basalt handeln. Er wurde entweder mit Wucht gegen den Hinterkopf der Frau geschlagen oder sie ist mit dem Hinterkopf daraufgeknallt. Jedenfalls hat das zu ihrem sofortigen Tod geführt. Ob es sich um eine Gewalttat oder um einen Unfall handelt, kann ich Ihnen daher nicht sagen.«

Der Rechtsmediziner wandte sich zu den Ermittlern um. »Ach ja, was Sie interessieren wird: Kurz vor ihrem Tod hatte sie noch Geschlechtsverkehr. Bei dem Genitalabstrich haben wir Sperma in der Vagina gefunden. Und im Magen die Reste eines Fischgerichts. Ich schätze, dass sie dazu ein Glas Wein getrunken hat. Der Blutalkoholgehalt lag bei 0,3 Promille. Das klingt nach einer erotischen Begegnung mit tödlichem Ausgang.«

Er deutete auf einen kleinen Tisch: »Sie wurde vollständig bekleidet gefunden und Sie sollten sich ihre Sachen ansehen.«

Gisela Schmidt zog Einmalhandschuhe über und holte die Kleidung aus der Plastiktüte. Getrocknetes Blut fand sich hinten am Kragen des Sommerkleides sowie der gelben Jacke. Die Tote hatte einen roten Spitzen-BH mit einem passenden Slip getragen. Sie reichte die Sachen an Matthes weiter.

Dr. Bartels grinste. »Das passt doch zu dem Schäferstündchen.« Wieder ernst fügte er hinzu: »Aber die Aufklärung des Falls ist ja Ihre Aufgabe.«

Auf der Rückfahrt schwiegen Schmidt und Matthes zunächst. Sie fuhren durch den Elbtunnel. Die MoKo-Leiterin schloss die Augen und ließ den Leichenfund und die Ergebnisse der Obduktion vor ihrem inneren Auge Revue passieren.

»Auch wenn Dr. Bartels nicht ausschließt, dass es sich um einen Unfall handeln könnte, halte ich doch eine Gewalttat mit tödlichem Ausgang für wahrscheinlicher.«

Matthes nickte, folgte aber seinen eigenen Gedanken. »Das ist schon seltsam. Das Ganze könnte sich so zugetragen haben: Erst trifft sich die Tote mit einem Liebhaber und schläft mit ihm. Sie essen zusammen, dann tötet er sie und bahrt sie zwischen den Bäumen in einer Apfelplantage auf. Aber wo ist da der Sinn?«

Nachdenklich schaute Gisela Schmidt aus dem Fenster. »Das passt wirklich nicht richtig zusammen. Aber es könnte doch sein, dass der Liebhaber sie bei einem heftigen Streit aus dem Affekt heraus getötet hat. Anschließend bedauert er seine Tat und bahrt ihre Leiche feierlich und liebevoll an einem idyllischen Ort auf. Wir müssen so schnell wie möglich wissen, wer die Tote ist und den Tatort finden.«

Zurück in der Dienststelle meldete sich Jan Lühs aufgeregt bei der MoKo-Leiterin: »Gerade als Sie losgefahren sind, hat ein Kollege aus der Jorker Polizeistation angerufen. Am Samstag hat dort ein Mann namens Ole Renken seine Frau als vermisst gemeldet. Sie sieht unserer Toten ziemlich ähnlich, die Beschreibung passt: Gesa Renken, 37 Jahre alt, Mutter von zwei Kindern, seit 14 Jahren mit Ole Renken, 43, verheiratet. Sie stammt aus Moorende.«

»Moorende?«, fragte Schmidt irritiert. »Soviel ich weiß, liegt das Dorf im Landkreis Osterholz.« Sie erinnerte sich an das Straßendorf, das zu Lilienthal gehört. Bei einer Radtour mit einem früheren Kollegen und Freund war sie dort vorbeigekommen. Die Erinnerung versetzte ihr einen leichten Stich.

»Ist das wahr? Da gibt es ein Dorf, das genauso heißt?« Erstaunt hielt Lühs inne. »Wie auch immer, ich meine Moorende an der Este. Das ist ein Ortsteil von Jork hier im Alten Land und liegt nur wenige Kilometer entfernt vom Fundort der Leiche.«

Aufmerksam las sie die Vermisstenanzeige durch. Das hinterlegte Foto wies tatsächlich eine große Ähnlichkeit mit der Toten auf. Gesa Renken war wirklich ausgesprochen hübsch gewesen. Die Kommissarin rief ihr Team zusammen um mitzuteilen, dass die Identität der Toten höchstwahrscheinlich feststehe.

»Aber wir brauchen noch die Bestätigung des Ehemanns.«

Matthes nahm wenig später Kontakt zur Polizeistation Jork auf. Der Beamte, der die Vermisstenanzeige aufgenommen hatte, war gerade im Dienst. Er erinnerte sich noch gut daran, wie der aufgeregte Ehemann am Morgen des 11. Mai zu ihm gekommen war und das Verschwinden seiner Frau gemeldet hatte. »Er war ganz aufgelöst und wirklich in Sorge. Das klang alles ganz echt.«

»Warum hat uns der Kollege heute Morgen nicht gleich am Fundort der Leiche darüber informiert? Er stammt doch aus Ihrer Dienststelle und sollte Kenntnis von der Vermisstenanzeige gehabt haben?«

Die Stimme des Jorker Beamten klang gereizt: »Herr Renken hat seine Frau am Sonnabend als vermisst gemeldet. Der

Kollege Müller hatte am Wochenende frei und war gleich nach Dienstbeginn am Montag zum Einsatzort geschickt worden, daher wusste er noch nichts von der Anzeige. Zu allem Überfluss bekam Müller heftige Zahnschmerzen und war nach dem Einsatz nicht mehr auf der Wache, sondern konsultierte seinen Zahnarzt.« Er holte tief Luft. »Ich hatte am Sonnabend Dienst und habe heute eigentlich frei. Ich bin nur hier, um Müller zu vertreten, der hat nämlich immer noch Zahnprobleme. Als ich von der Toten in der Apfelplantage erfahren habe, dachte ich sofort an Gesa Renken. Das Foto hat meine Vermutung bestätigt und ich habe umgehend Ihre Abteilung informiert.«

Dienstag, 14. Mai

Gegen zehn Uhr erschien Ole Renken in der Hamburger Rechtsmedizin. Dr. Bartels, Gisela Schmidt und Gerd Matthes warteten schon auf ihn. Der Rechtsmediziner führte den Ehemann zu der Bahre und hob das Laken vom Gesicht der Toten. Renken schwankte; er rang um Fassung und nickte. Erschüttert wandte er sich ab und holte tief Luft. Noch einmal trat er zu seiner toten Frau und berührte vorsichtig ihre kalte Wange.

Die anderen sahen schweigend zu.

»Möchten Sie noch einen Moment mit Ihrer Frau allein sein?«, fragte Schmidt.

»Ja, wenn das geht.« Renkens Stimme klang belegt.

Für einen Moment zogen sich die beiden Kriminalbeamten und der Rechtsmediziner zurück und warteten.

»Was ist mit ihr passiert?«

»Das wissen wir noch nicht. Dazu müssen wir Ihnen ein paar Fragen stellen. Ist es möglich, dass wir uns jetzt unterhalten?«

Renken nickte und trottete hinter Schmidt und Matthes in ein Büro, das ihnen Dr. Bartels zur Verfügung gestellt hatte. Im Gespräch erfuhren sie, dass die Familie Renken vor zwei Jahren von Hamburg ins Alte Land gezogen war. Sie hatten ein älteres Haus an der Este gekauft und renoviert. Ole Renken arbeitete als Ingenieur beim Flugzeugbauer Airbus. So hatte er es nicht so weit von Moorende zu seiner Arbeitsstelle in Finkenwerder. Seine Frau hatte nach dem Umzug ein kleines Café in Estebrügge erworben. Ursprünglich stammte Gesa Renken, eine geborene Semken, aus St. Jürgen, einem kleinen Dorf an der Wümme. Schmidt horchte auf, denn sie kannte den Ort von Ermittlungen in einem früheren Fall, als sie mit Peter Köster und dessen Kollegen vom Polizeikommissariat Osterholz nach einer verschollenen Altenpflegerin gesucht hatte. Schon wieder begegnete ihr der alte Wirkungskreis, dem sie eigentlich mit dem Antritt der neuen Stelle in Stade hatte entkommen wollen. Sie versuchte, sich wieder auf Ole Renkens Aussage zu konzentrieren.

»Mein Schwiegervater hat dort eine Tischlerei aufgebaut, die inzwischen sein Sohn übernommen hat. Gesa fuhr häufiger mit den Kindern zu ihren Eltern.«

»Auch an dem Tag, an dem sie verschwunden ist?«

»Nein, sie wollte zu einer Freundin nach Hamburg. Wie ich später erfahren habe, war sie dort aber nicht.«

»Wann ist sie denn aufgebrochen?«

»Das kann ich Ihnen beim besten Willen nicht sagen. Ich verlasse das Haus immer um kurz nach sieben Uhr. Die

Kinder nehmen den Schulbus um 7:30 Uhr. Ich schätze, Gesa ist mit ihrem Auto gefahren, wohin auch immer. Jedenfalls ist es weg.«

»Was für ein Auto ist das und wie lautet das Kennzeichen?«

»Ein dunkelblauer Golf mit Stader Kennzeichen. Ich weiß es allerdings nicht auswendig.«

»Das kriegen wir gleich raus. Ist der Wagen auf Ihre Frau zugelassen?«

Renken nickte.

Gisela Schmidt wechselte das Thema. »Wie war Ihre Frau an dem Morgen bekleidet?«

Der Witwer zuckte mit den Schultern. »Ich kann mich nicht mehr so genau erinnern. Ich glaube, irgendwas leichtes, vielleicht ein Rock oder ein Kleid? Es sollte an dem Tag warm werden.«

»Nahm sie regelmäßig eine Handtasche mit? Und ein Handy?«

Renken war sich ganz sicher. »Sie ging nie ohne aus dem Haus.«

»Noch etwas anderes: Haben Sie Ihre Schwiegereltern schon über den Tod Ihrer Frau informiert?«

Renken nickte. »Kurz nachdem Sie mir Bescheid gegeben hatten, rief Gesas Mutter bei uns an und fragte, ob es etwas Neues von Gesa gäbe. Da habe ich es ihr erzählt.«

Nachdem die Ermittler das Institut für Rechtsmedizin verlassen hatten, schlug Matthes vor, in einem Café in der Nähe einen Kaffee zu trinken. »Früher war ich öfter hier. Sie machen einen richtig guten Cappuccino.« Schmidt zögerte einen Moment, willigte dann aber ein.

Matthes deutete auf einen freien Tisch am Fenster. »Ist der in Ordnung?«

Seine Kollegin nickte und entschied sich für einen Platz mit Blick auf die Straße. Einen Moment betrachtete sie ein Paar, das eng umschlungen vorbeischlenderte. »Ich glaube, sein Schmerz über den Tod seiner Frau war echt. Er müsste ein großartiger Schauspieler sein, wenn er uns da was vorgemacht hat.« Nachdenklich rührte Gisela Schmidt mit ihrem Löffel in der Kaffeetasse.

»Da stimme ich Ihnen zu. Es ist unwahrscheinlich, dass er ihr nachgefahren ist und sie nach der erotischen Begegnung ermordet hat.« Matthes schaute aus dem Fenster auf die vorbeifahrenden Autos. »Aber er könnte dahinter gekommen sein, dass sie einen Liebhaber hatte, ist den beiden gefolgt und hat sie aus Eifersucht getötet.«

Schmidt runzelte die Stirn. »Schon möglich, aber leider reine Spekulation. Wir müssen noch mehr über unser Opfer in Erfahrung bringen. Lassen Sie ihr Auto zur Fahndung ausschreiben und wir sprechen so schnell wie möglich mit den Eltern. Vielleicht haben sie eine Ahnung, wo ihre Tochter an diesem Tag gewesen ist. Sie leben übrigens im Bereich meiner ehemaligen Dienststelle. In der Gegend habe ich früher schon mal ermittelt. Ich schätze, wir werden gut eineinhalb Stunden dorthin brauchen. Ist es für Sie in Ordnung, wenn wir gleich losfahren?«

Matthes informierte noch kurz die Dienststelle und veranlasste die Fahrzeugfahndung.

Je näher sie dem Landkreis Osterholz kamen, desto beklommener fühlte sich Gisela Schmidt. In ihrer Zeit als Leiterin der Mordkommission der Polizeiinspektion Verden/Osterholz hatte sie den Osterholz-Scharmbecker Kriminalhauptkommissar Peter Köster kennengelernt und gut mit ihm zusammengearbeitet.

Sie waren sich im Laufe der Zeit näher gekommen und ein Paar geworden. Unter der Trennung litt sie noch immer. Die Stelle in Stade hatte sie nicht nur wegen der neuen Herausforderung gereizt. Letztlich war sie in die Stadt an der Unterelbe gewechselt, um mit dem räumlichen auch den seelischen Abstand besser zu bewältigen. Und jetzt führten sie die Ermittlungen in die Nähe ihres alten Wirkungskreises zurück.

Während Matthes fuhr, musterte er seine neue Vorgesetzte von Zeit zu Zeit. Er spürte, dass sie nicht zum Sprechen aufgelegt war und schwieg ebenfalls.

Sie hatte die Fahrzeit gut eingeschätzt. Gegen halb zwei Uhr erreichten sie die Kreuzung zur St. Jürgen-Kirche. Schmidt hatte die kleine romanische Kirche zwei Jahre zuvor mit Peter Köster besucht. Sie erinnerte sich, wie beeindruckt sie damals von dem einsam auf einer Warft gelegenen Gotteshaus gewesen war. Gemeinsam hatten sie die Bemalung des Innenraums bewundert und waren anschließend Arm in Arm über den idyllisch gelegenen Friedhof spaziert. Von einer Bank hatten sie die weite Sicht über die Wümmewiesen genossen.

Wenig später passierten die Ermittler das Hinweisschild zur Tischlerei Semken. Matthes bog rechts ab und folgte dem Weg bis zu einem neugebauten Rotklinkerhaus, das vor einer großen Werkhalle stand. Ein Hund bellte laut, schien aber im Haus eingesperrt zu sein. Die Tür öffnete sich und eine ältere, hagere Frau trat heraus. Sie trug schwarz und ihre Augen waren gerötet. Ernst schaute sie die Besucher an und putzte sich mit einem Papiertaschentuch die Nase.

Schmidt stellte Matthes und sich vor und sprach ihrer beider Beileid aus. Die Frau nickte und führte sie durch einen dunklen Flur in die große Wohnküche. Ein Dackel kam ihnen entgegen und bellte die Polizisten an.

»Still und Platz!« Mit energischer Stimme wies die Hausfrau ihren Hund zurecht, als sich die Tür öffnete und ein weißhaariger Mann eintrat. Fragend schaute er die Besucher an.

»Das sind die Kriminalbeamten aus Stade. Sie wollen mehr über Gesa wissen.«

Der Vater atmete tief durch. »Wir wissen es von Ole. Und können es noch gar nicht fassen.« Seine Augen waren ebenfalls gerötet.

»Sie sind die Eltern der Verstorbenen?«

»Ja, ich bin Jörg Semken und das ist meine Frau Hanne. Gesa ist – war unsere Tochter.«

Nach einer kurzen Pause schaute er Schmidt fragend an. »Wir haben von unserem Schwiegersohn nur gehört, dass sie tot in einer Apfelplantage gefunden wurde. Was ist passiert?«

Die MoKo-Leiterin räusperte sich. »Wir wissen es noch nicht genau. Wir sind noch am Anfang unserer Ermittlungen. Deshalb müssen wir Ihnen ein paar Fragen stellen. Ist das möglich?«

Jörg Semken nickte.

»Ihr Schwiegersohn hat uns mitgeteilt, dass Ihre Tochter Sie häufig besucht hat. Stimmt das?«

Der Tischler nickte erneut. »Ja, sie war oft bei uns. Meistens kam sie mit Max und Anna. Unseren Enkeln.«

»Oh Gott, Anna und Max. Ob Ole ihnen schon gesagt hat, dass ihre Mutter tot ist? Die armen Kinder!« Hanne Semken war in Gedanken bei ihren Enkeln und schaute ihren Mann entsetzt an. »Wir sollten zu ihnen fahren!«

Ihr Mann schüttelte den Kopf. »Wir rufen Ole nachher an und fragen ihn, wie es den beiden geht und ob wir kommen sollen. Jetzt sollten wir erst mal die Fragen der Polizei beantworten. Was wollen Sie denn wissen?«

»Mit wem hatte Ihre Tochter denn sonst noch Kontakt? Gab es hier in der Gegend andere Verwandte und alte Freundinnen oder Freunde von früher, die sie getroffen hat?«

Hanne Semken hatte sich anscheinend wieder gefasst. »Sie war sehr gern bei Julia Wohlers und deren Familie. Die beiden sind zusammen zur Schule gegangen. Manchmal besuchte sie auch ihre Cousine Nadine, Nadine Murken. Das ist die Tochter meines Bruders.«

»Hat sie noch Geschwister?«

»Ja, Sven. Er wohnt mit seiner Familie hier im Nachbarhaus und hat vor einem Jahr die Leitung unserer Tischlerei übernommen. Wenn Gesa hier ist, schaut sie auch immer mal drüben vorbei.«

»Sven und Nele wissen noch gar nichts von ihrem Tod.« Wieder füllten sich Hanne Semkens Augen mit Tränen. »Beide sind unterwegs, er auf einer Baustelle und sie arbeitet in einer Apotheke in Bremen. Die Kinder sind noch in der Schule.«

»Und wann war Ihre Tochter das letzte Mal zu Besuch?«

Hanne Semken dachte nach. »Am vorletzten Wochenende. Da hatte Nadine Geburtstag, ihre Cousine.«

»Ihrem Mann hat Ihre Tochter erzählt, dass sie am letzten Freitag eine Freundin in Hamburg treffen wollte. Dort war sie aber nicht. Haben Sie eine Idee, was sie stattdessen gemacht haben könnte?«

Die Eltern schauten sich fragend an und schüttelten den Kopf. »Nein, das wissen wir nicht.«

»Kennen Sie denn eine oder mehrere Freundinnen oder Bekannte Ihrer Tochter aus dem Alten Land?«

Wieder schüttelte die Mutter den Kopf. »Sie wohnte ja noch nicht lange in Moorende und hatte viel mit ihrer Familie und dem Café zu tun. Manchmal hat sie von einer Suse erzählt. Die kannte Gesa noch aus ihrer Zeit in Hamurg. Die beiden haben sich ab und zu in der Stadt getroffen und sind zusammen essen oder shoppen gegangen. Das kam aber nicht oft vor. Und dann ist da noch Nora, eine junge Frau aus der Gegend. Sie arbeitet bei Gesa im Café.«

Matthes hatte mitgeschrieben und fragte nach den vollständigen Namen und den Adressen der Schulfreundin und der Cousine. Danach verabschiedeten sie sich und gingen zurück zum Wagen. Schmidts Blick fiel auf das neue Holzhaus, das sich hinter der Tischlerei befand. »Da wohnt wohl der Sohn mit seiner Familie. Mit denen werden wir später sprechen, sie sind ja noch unterwegs.«

Matthes schloss den Wagen auf.

»Versuchen Sie doch bitte die Freundin zu erreichen und melden uns an. Von Frau Wohlers erfahren wir sicher mehr.« Schmidt machte es sich auf dem Beifahrersitz gemütlich.

Der Weg nach Worphausen war kurz, sodass sie schon nach wenigen Minuten am Ziel eintrafen.

Erstaunt öffnete Julia Wohlers die Tür. Sie trug eine alte Jogginghose und ein verwaschenes T-Shirt, beides war mit weißen Farbspritzern versehen, die sich auch in den kurz geschnittenen, mittelbraunen Haaren wiederfanden. »Ich streiche gerade das Kinderzimmer. Mein Sohn ist heute bei seiner Oma. Kommen Sie rein.«

Nachdem sie im Wintergarten Platz genommen hatten, unterrichtete Schmidt die Freundin über Gesa Renkens Tod. Es brauchte eine Weile, bis sich die junge Frau wieder gefasst hatte und die Fragen der Kommissare beantworten konnte. Nach den Freizeitaktivitäten ihrer Freundin befragt, erinnerte sich Julia Wohlers daran, dass sie ihr wiederholt von einer Umweltinitiative erzählt hatte, in der sie engagiert war. »Ich glaube, Gesa war gegen die Elbvertiefung und auch gegen den weiteren Autobahnausbau.« Den Namen der Gruppe wusste sie aber nicht.

»Gibt es noch etwas, das Sie uns über Ihre Freundin erzählen können?«

Julia Wohlers schluckte, Tränen füllten erneut ihre Augen.

»In letzter Zeit wirkte sie sehr angespannt. Dabei war sie früher so lebensfroh. In Hamburg hat sie sich sehr wohl gefühlt. Sie ist aber auch gern ins Alte Land gezogen, das kleine Dorf an der Este hat ihr sehr gut gefallen. Mit viel Freude und Energie hat sie das alte Haus renoviert, das sie mit Ole gekauft hatte. Das Café lief ziemlich gut. Kein Wunder bei der guten Atmosphäre und den leckeren Torten! Allerdings hatte ich den Eindruck, dass ihr alles zunehmend über den Kopf gewachsen ist. Haus und Garten, die Familie und dann noch das Café. Allein mit Nora konnte sie das nicht mehr stemmen. Ständig hat sie nach Aushilfskräften für die Wochenenden gesucht.«

Die junge Frau schwieg und schaute zu Boden.

Schmidt räusperte sich. »Das war sicher sehr belastend für Ihre Freundin. Wie gut, dass Sie sich Ihnen anvertrauen konnte. Wie war denn die Ehe von Gesa und Ole Renken?«

Julia Wohlers hielt einen Moment inne. »Ich glaube ganz gut. Für Gesa war Ole die große Liebe. Allerdings war er sehr mit seiner Karriere beschäftigt und arbeitete viel. Sie fühlte sich häufig allein gelassen, auch mit der Versorgung der Kinder.«

Matthes setzte nach: »Es gibt Hinweise, dass sich Gesa Renken vor ihrem Tod mit einem anderen Mann getroffen hat. Haben Sie eine Idee, wer das sein könnte?«

Die Freundin schüttelte den Kopf. »Nein, ich dachte immer, sie wäre glücklich mit Ole!«

Auf dem Weg nach Stade fassten die beiden Ermittler die Ergebnisse ihrer Befragung zusammen. Matthes schaute missmutig auf die Straße. »Das ist immer noch wenig Konkretes. Und wir haben keinen Hinweis auf den Liebhaber!«

Doch Schmidt mochte seine pessimistische Sicht nicht gelten lassen. »Wir sind doch noch ganz am Anfang. Immerhin wissen wir jetzt, dass es eine Umweltgruppe gibt, in der Frau Renken aktiv war. Morgen werden wir den Ehemann der Toten aufsuchen. Zwei Kollegen aus der MoKo sollten in der Zeit mit der Cousine und dem Bruder sprechen.«

Zuhause in ihrer Wohnung bereitete sich Gisela Schmidt einen Salat zu, schnitt ein paar Scheiben Baguette ab und schenkte sich ein Glas Weißwein ein. Mit ihrer Abendmahlzeit setzte sie sich auf den Balkon und schaute über das Wasser. Ihr Blick fiel auf das Segelboot, das links von ihr am Ufer befestigt war. Wem es wohl gehörte? Sicher einem Bewohner in dem dahinter liegenden Haus. Am Ufer der Schwinge standen viele mehrstöckige Gebäude mit Eigentumswohnungen, die größtenteils wohlhabenden Stadern zu gehören schienen. Sie hatte sich hier eingemietet, weil es ihr in Verden auch schon so gut am Wasser gefallen hatte, und das wollte sie hier wiederhaben. Damit hoffte sie, den Auszug aus ihrem kleinen Haus an der Aller besser verschmerzen zu können. Am liebsten hätte sie direkt an der Elbe gewohnt. Doch der Makler hatte auf ihre Frage nur milde gelächelt. Rund um Stade gab es nur wenige Objekte mit Blick auf den Fluss und diese waren für ihre Verhältnisse unbezahlbar. Stattdessen hatte er ihr diese Wohnung an der Schwinge angeboten, die ja nach wenigen Kilometern in die Elbe floss. Inzwischen hatte sie sich mit der Aussicht angefreundet und beobachtete an den Abenden die nahe vorbeifahrenden Boote.

Mittwoch, 15. Mai

Gleich nach der Frühsitzung der Mordkommission machten sich Gisela Schmidt und Gerd Matthes auf den Weg ins Alte Land, um den Ehemann der Verstorbenen zu befragen. Begleitet wurden sie von dem Wagen der Kriminaltechniker. Sie passierten prachtvolle Höfe und blühende Apfelplantagen. Staunend schaute Schmidt aus dem Fenster auf das zartrosa und weiße Blütenmeer und bewunderte die sich an den Deich schmiegenden Häuschen ebenso wie die großen Hofstellen. »Ich wusste gar nicht mehr, wie schön das hier ist. Kein Wunder, ich war auch lange nicht hier.«

Zu Beginn ihrer Ehe hatte sie mit ihrem Mann mehrfach Ausflüge ins Alte Land unternommen. Diese Zeit gehörte zu der glücklichsten ihrer Beziehung. Das lag allerdings schon viele Jahre zurück.

Matthes nickte. »Sie haben Recht. Nur, wenn man hier lebt, wird das so selbstverständlich.«

Wieder fuhren sie durch Jork, dieses Mal die gesamte Hauptstraße entlang, vorbei an reich geschmückten Fachwerkhäusern und der Backsteinkirche St. Matthias mit dem freistehenden Glockenturm. Am Ende des Städtchens entdeckte sie ein neues Ortsschild. »Königreich«, las sie laut. »Wie das Dorf wohl zu diesem Namen kommt?«

Der Kollege lachte. »Weiß ich auch nicht. Aber ich mag ihn.«

Ihr gefiel sein spontanes Lachen, doch schaute sie ihn erstaunt an. »Sind Sie nicht von hier?«

»Ja und nein. Geboren bin ich in Hamburg, meine Eltern zogen aber mit uns Kindern nach Stade, als ich fünf Jahre alt war. Also bin ich hier aufgewachsen.«

»Und wo haben Sie Ihre Ausbildung gemacht?«

»Auf der Landespolizeischule in Oldenburg.«

»Und danach sind Sie wieder nach Stade zurückgekehrt?«

Matthes nickte. »Allerdings über einen kleinen Umweg. Meine erste Stelle war in Buxtehude. Nach fünf Jahren bin ich dann nach Stade gewechselt. Dass ich wieder hierher zurückkam, lag vor allem an meiner früheren Frau. Ich habe sie in der Schule kennengelernt und sie hat hier eine Ausbildung gemacht. Außerdem kam es für sie nicht infrage, woanders zu leben.«

Hinter der Estebrücke bogen sie nach Moorende ab. Dabei musste sie wieder an das Straßendorf mit dem gleichen Namen denken, dem Ortsteil von Lilienthal. Ihr fiel auf, wie sehr sich beide Dörfer unterschieden. Hier der Ort an der Este mit den vielen schmucken kleinen Häusern aufgereiht auf dem Deich, denen sich ein Garten bis hinunter zu dem kleinen Fluss anschloss. Oftmals war an einem Anleger ein Boot festgemacht. Auf der anderen Straßenseite standen einige große Fachwerkhäuser mit vorgekragter Giebelfront und prachtvollen Ziegelmustern oder Rotklinkerhäuser in klassizistischem Stil mit imposanten Säulenportalen. Zu ihnen gehörten große Apfelplantagen. Alles wies auf den Reichtum der Erbauer hin.

In Moorende im Landkreis Osterholz lagen die Rotklinkerhäuser weiter von der Straße entfernt und waren bescheidener gebaut. Die Moorbauern hatten am Torfhandel anscheinend weniger verdient als die Obstbauern im Alten Land.

Kurz vor dem Ende des Dorfes stoppte der Tross vor einem der kleinen Häuser auf dem Deich. Schmidt fiel auf, dass es von vielen blühenden Stauden und Büschen umgeben war. Ein üppiger Rosenstrauch rankte sich um die Eingangstür, die von den roten Blüten eingerahmt wurde.

Auf ihr Klingeln öffnete eine schlanke junge Frau mit kurzen braunen Haaren die Tür. Sie wurden schon erwartet. »Ich bin Nora Matthies und habe mit Gesa im Café gearbeitet. Bis auf Weiteres habe ich es geschlossen und kümmere mich stattdessen um die Kinder. Am Nachmittag kommt Frau Semken, Gesas Mutter.«

Die junge Frau sah ziemlich mitgenommen aus. »Es ist so schrecklich, was mit Gesa passiert ist.«

Schmidt stellte ihre Mitarbeiter und sich vor.

»Wir werden alles unternehmen, damit der Tod von Frau Renken aufgeklärt wird. Jetzt müssen wir Herrn Renken befragen und uns hier ein wenig umsehen, wenn Sie gestatten.« Sie machte eine Pause, in der die Gruppe eintrat. »Danach möchten wir auch noch mit Ihnen sprechen.«

Nora Matthies nickte. »Aber natürlich. Ich schaue erst noch einmal nach den Kindern. Ole ist im Wohnzimmer.«

Sie zeigte ihnen den Weg und stieg die Treppe hinauf.

Ole Renken hatte die Stimmen gehört und war in den Flur gekommen. Die dunklen Augenränder im blassen Gesicht zeugten von mangelndem Schlaf. Der Witwer stand etwas hilflos vor den Kriminalbeamten und versuchte sich aufrecht zu halten, zitterte aber leicht.

Dieses Mal übernahm Matthes die Gesprächsführung. »Wir müssen Ihnen noch ein paar Fragen stellen. Hatte Ihre Frau ein Arbeitszimmer hier im Haus?«

»Ja, oben neben dem Zimmer der Kinder.«

»Dort sollten die Kollegen von der KTU anfangen. Wir möchten uns ein Bild von Ihrer Frau machen, das uns bei den Ermittlungen helfen kann.«

Renken nickte und die Kriminaltechniker stiegen die Treppe hinauf.

Im Wohnzimmer setzten sich die beiden Ermittler mit dem Witwer an den Esstisch.

»Wie geht es Ihnen heute, Herr Renken?«, fragte Matthes.

Dieser zuckte mit den Schultern. »Ich kann es immer noch nicht fassen, was mit Gesa passiert ist.«

»Haben Sie eine Idee, wer Ihre Frau getötet haben könnte?«

Renken schüttelte den Kopf. »Nein, Gesa war bei allen beliebt. Es kamen viele Gäste ins Café, vor allem wegen der angenehmen Atmosphäre.«

Der Witwer erzählte, seine Frau habe sich im neuen Haus und Wohnort wohlgefühlt und ihren Beruf, die Kinderbetreuung und die Versorgung des Haushalts gut hinbekommen. Ihre Ehe sei sehr harmonisch gewesen. Über das Engagement seiner Frau in der Umweltgruppe wusste er nicht viel. Nach den Gründen gefragt, meinte Renken, er sei beruflich sehr eingespannt und da bliebe ihm kaum Zeit für etwas anderes. Er kenne die Mitglieder der Gruppe nicht. Suse Gerdes dagegen schon. Die Hamburger Freundin seiner Frau sei aber selten zu Besuch gekommen, seine Frau hingegen öfter zu ihr nach Hamburg gefahren.

»Und an dem Tag, an dem Ihre Frau verschwunden ist, hat sie Ihnen gesagt, sie wollte ihre Freundin besuchen?«, fragte Schmidt.

»Ja.« Renken schaute zu Boden. »Da war sie aber nicht.«

»Woher wissen Sie das?«

»Als Gesa am Abend nicht wiederkam, habe ich dort angerufen, es meldete sich aber niemand. Dann habe ich noch mit einer anderen Bekannten meiner Frau in Hamburg telefoniert. Von der erfuhr ich, dass Suse verreist ist.«

Schmidt und Matthes wechselten einen Blick.

»Haben Sie eine Idee, wo Ihre Frau stattdessen gewesen ist?«

»Nein.« Renken schüttelte hilflos den Kopf.

»Ihre Frau hat Sie angelogen, das muss doch einen Grund haben.« Matthes' Stimme klang ernst.

»Das wird Sie sicher beschäftigt haben.«

Zögerlich antwortete der Witwer. »Ja, ich vermutete, dass Gesa sich mit jemandem getroffen hat.«

»Haben Sie einen Verdacht, wer das sein könnte?«

»Nein, ich habe mir den Kopf zerbrochen, aber mir ist niemand eingefallen.«

»Und wie ging es Ihnen bei dem Gedanken?«

»Schrecklich. Der Gedanke, dass sie mich betrügt … und dann diese Ungewissheit. Vielleicht ist sie mit diesem Mann durchgebrannt, hat uns einfach verlassen, ohne uns was zu sagen. Oder es war ihr etwas passiert!«

Renken saß still da.

Die beiden Ermittler sahen sich noch einmal an. Schmidt ergriff das Wort und berichtete von dem Ergebnis der Obduktion und dass Sperma gefunden worden war. Renken hörte ihr fassungslos zu. Er schlug die Hände vor's Gesicht und weinte leise. Die MoKo-Leiterin reichte ihm ein Taschentuch und wartete, bis er sich wieder beruhigt hatte. Dann fragte sie ihn nach seinem Alibi im Todeszeitraum seiner Ehefrau. Renken antwortete, er hätte den Abend und die Nacht allein zuhause verbracht. Die Kinder hätten bei Freunden geschlafen.

»Aber warum wollen Sie das wissen? Glauben Sie etwa, ich habe was mit dem Tod meiner Frau zu tun? Ich habe sie geliebt!« Entsetzt schaute Renken die beiden Ermittler an.

Schmidt versuchte, ihn zu beruhigen. »Wir müssen das alle fragen, die mit Ihrer Frau etwas zu tun hatten.«

Nach dem Gespräch gingen die zwei Ermittler die Treppe hinauf in Gesa Renkens Arbeitszimmer. Die Kriminaltechniker hatten ihre Arbeit gerade beendet und traten die Rückreise an.

Schmidt und Matthes sahen sich in dem kleinen Raum um. Der weiße Schreibtisch stand direkt vor dem Fenster, das den Blick auf die Este öffnete. Die MoKo-Leiterin schaute für einen Moment auf den blühenden Garten, den schmalen Flusslauf und das dahinter liegende Feld mit den Apfelbäumen, bis sie sich auf den Arbeitsplatz konzentrierte. Der Schreibtisch war voll mit mehreren Papierstapeln, nur der Platz in der Mitte war freigeblieben. Hier hatte der Laptop gestanden, den die Kriminaltechniker mit Einverständnis des Ehemannes mitgenommen hatten.

An der rechten Zimmerwand befand sich ein rotes Klappsofa. Darüber hingen mehrere Bilder. Auf dem mittleren waren zwei lächelnde Kleinkinder zu sehen, anscheinend ein älteres Foto der beiden Kinder. Das Bild daneben zeigte die Familie, gemeinsam auf einer Bank vor einer Baumgruppe sitzend, die Kinder in der Mitte, Mutter und Vater links und rechts daneben.

»Sieht nach einem Ausflug aus.« Matthes war neben Schmidt getreten und deutete auf die Fahrräder, die neben der Bank abgestellt waren. »Die schauen alle recht entspannt aus.« Schmidt nickte. »Sie hätten aber auch anders sitzen können.«

»Wie meinen Sie das?«

»Das Paar in der Mitte mit jeweils einem Kind an der Seite. Vielleicht interpretiere ich da aber auch zu viel rein.«

Matthes schaute das Bild noch einmal an. »Sie haben Recht, so ganz nah sind sich die beiden Eltern wohl nicht.« Er deutete auf die drei restlichen Fotos an der Wand. »Das ist die Familie

Semken, ihre Eltern. Das scheint ihr Bruder Sven mit seiner Familie zu sein.«

Er betrachtete die beiden anderen Aufnahmen, die junge Leute in Kostümen auf einer Bühne zeigten.

»Sie scheint früher Theater gespielt zu haben.«

Schmidt kam näher heran, studierte die Gesichter und lächelte. »Da in der Mitte, die schlanke Blonde in dem Prinzessinnen-Kostüm, das ist wohl die junge Gesa.«

Danach ging die Ermittlerin zu einem hellen Holzregal, das einige leere Fächer aufwies. Sie vermutete, dass sich dort Ordner befunden hatten, die von den Kriminaltechnikern mitgenommen worden waren. Einige Fotoalben hatten sie dagelassen. Schmidt zog eines heraus und blätterte es durch. Darin entdeckte sie die Bilder von den Umbauarbeiten des Hauses und des Cafés. Auf zwei Fotos war die junge Hausbesitzerin zu sehen, die im farbverschmierten Overall selbst die Wände strich. Die Kinder hielten ebenfalls einen Pinsel in der Hand und lachten. Ole Renken war nicht zu sehen. Wahrscheinlich hatte er die Bilder fotografiert oder nicht geholfen, weil er arbeiten musste. Aus dem düsteren Haus und dem verwahrlosten Garten war mit großem Einsatz ein helles, liebevoll renoviertes Heim geworden. Das kleine Café hatte eine ebenso positive Wandlung erfahren. Das alles hatte sicher viel Zeit und Kraft gekostet.

Als sie den Raum verließen, hörten sie Stimmen aus dem Zimmer nebenan. Gisela Schmidt klopfte und schaute hinein. Nora Matthies saß mit den Kindern im Arm auf dem Sofa und schauten sich einen Film an. Die Kinder sahen blass und verweint aus.

Nora erhob sich. »Ich komme gleich wieder. Schaut so lange ohne mich weiter.« Sie schloss die Tür. »Ich kann nicht zu lange weg bleiben. Die Kinder sind ziemlich geschockt. Wie gut, dass ihre Oma heute kommt.« Ihre Augen füllten sich mit Tränen, sie holte ein Taschentuch aus der Hosentasche, putzte sich die Nase und atmete tief ein.

»Was wollen Sie von mir wissen?«

Nora erzählte den Kripobeamten, dass sie gern im Café gearbeitet hatte. Gesa Renken wäre auch eher eine Freundin als eine Chefin gewesen. Nur hatte sie Gesa nicht so oft unterstützen können, da sie ihre kranke Mutter pflegen musste.

»Ich war die einzige feste Mitarbeiterin, und das bei dem Betrieb im Café. Kein Wunder, dass Gesa ziemlich überarbeitet war. Am Freitag und an den Wochenenden kam öfter eine Studentin als Aushilfe, mit der wir gut zurechtkamen. Da konnte Gesa manchmal nach Hamburg oder zu ihrer Familie nach St. Jürgen fahren. Das machte sie meistens an den Ruhetagen, wenn das Café geschlossen war. Sie hatte aber auch guten Kontakt zu den Einheimischen. Sie wollte sich demnächst stärker im Tourismusverein engagieren und hätte am liebsten auch noch bei den Landfrauen mitgemacht. Aber ich habe keine Ahnung, wie sie das zeitlich auch noch hinkriegen wollte!«

*

Kurz nachdem sich Matthes und Schmidt samt dem Tross der Kriminaltechniker auf den Weg Richtung Moorende gemacht hatten, waren Hanne Beckmann und Jan Lühs nach St. Jürgen im Landkreis Osterholz gefahren. Das Navi im Zivilwagen wies ihnen den Weg.

Für beide war es die erste Ermittlung im Landkreis Osterholz. Beckmann lehnte sich auf dem Beifahrersitz zurück und genoss den Blick aus dem Fenster. Sie deutete auf die blühenden Rhododendren in den Gärten.

»Unglaublich schön hier! Ich war schon lange nicht mehr in der Gegend. Und du?«

Lühs dachte nach. »Ich bin mal mit meinen Modellbahnkollegen und unseren Frauen mit dem Moorexpress von Stade nach Worpswede gefahren. Das muss aber auch schon Jahre her sein. Wir haben dann noch eine Führung durch den Ort gemacht und sind Kaffee trinken gegangen. Inge und ich wollten die Fahrt eigentlich noch mal wiederholen und die Räder mitnehmen. Dann haben wir es wieder aus den Augen verloren. Eigentlich schade.« Er lächelte bedauernd und schwieg. Nach einiger Zeit schaute er seine jüngere Kollegin von der Seite an.

»Wie findest du denn unsere neue Chefin?«

Beckmann sah nachdenklich auf die Straße. »Soweit ok. Bisher macht sie ihre Sache ganz gut. Es wird sich aber erst im Laufe der Ermittlungen zeigen, was sie drauf hat.«

Lühs nickte. »Für Matthes ist das Ganze nicht leicht. Er hat sich große Hoffnungen auf die Stelle gemacht und dann wird ihm jemand von außerhalb vor die Nase gesetzt. Ich habe den Eindruck, dass es ihm gut tut, wenn die Kollegen aus den Dienststellen im Landkreis ihn als ersten Ansprechpartner aussuchen. Mir scheint, sie trägt es mit Fassung und lässt sich die Butter nicht vom Brot nehmen.«

»Das sehe ich auch so. Gleichzeitig frage ich mich, ob sie das wirklich so wenig stört. Mich würde das richtig ärgerlich machen.«

Als die Oberkommissare die Tischlerei erreichten, kam ihnen Sven Semken entgegen. Beckmann hatte sie angekündigt, so wurden sie erwartet. Ernst führte der junge Mann die beiden Ermittler ins Haus. In der Wohnküche begrüßte sie Svens Ehefrau Nele und bot ihnen einen Kaffee an. Auch sie sah blass aus, wirkte aber gefasst.

Das Ehepaar konnte wenig Neues zu Gesa Renkens Lebenssituation beitragen. Angesprochen auf das Engagement der Frau in der Umweltgruppe konnte Sven Semken bestätigen, dass seine Schwester schon früher an politischen Themen interessiert gewesen war. »In der Schule hat sie an einer AG zum Thema Atomenergie teilgenommen. Damals hat sie heftige Streitgespräche mit unserem Vater geführt, der für den Erhalt der Atomkraftwerke war, sie aber absolut dagegen. Später war sie in der Grünen Jugend aktiv, das ist die Jugendorganisation von Bündnis90/Die Grünen.«

Nele Semken erinnerte sich an die gemeinsame Zeit bei der Freilichtbühne Lilienthal. »Wir haben da mehrere Jahre mitgespielt. Auf die Weise lernte ich auch Sven kennen, Gesas Bruder.« Sie lächelte traurig. »Gesa stand gern im Mittelpunkt, sie genoss die Auftritte. Ich hatte immer totales Lampenfieber.«

Bevor sich die Ermittler verabschiedeten, fiel dem Tischler noch etwas ein. »Wissen Sie, dass sich meine Schwester auch für die Geschichte unserer Region interessierte? Die Gegend hier war früher nasses Grasland. Gesa hat herausgefunden, dass der

Bremer Erzbischof um 1100 holländische Siedler hierhergeholt hat, um das Land trockenzulegen und zu bewirtschaften. Auch die St. Jürgen-Kirche ist für die holländischen Siedler gebaut worden. Gesa hat uns erzählt, dass um diese Zeit aus derselben Gegend in Holland Wasserbautechniker auch ins Alte Land geholt worden sind, um die Gegend urbar zu machen. Sie meinte, sie selbst würde auf den Spuren der Holländer wandeln.«

Anschließend fuhren Beckmann und Lühs nach Ritterhude, wo die Cousine des Mordopfers wohnte. Sie lebte in einer Zweizimmerwohnung im ersten Stock eines Einfamilienhauses im Musikantenviertel. Die Siedlung war ab den sechziger Jahren errichtet worden.

Nadine Murken öffnete die Tür und ließ die Beamten herein. Lühs' aufmerksamem Blick folgend deutete sie auf winzige Küche hinter sich: »Ich habe mich gerade von meinem Mann getrennt und hatte Glück, dass ich die kleine Wohnung überhaupt bekommen habe.«

Sie war sehr betroffen vom Tod ihrer Cousine. Seit ihrer Kindheit waren die beiden eng befreundet gewesen und der Kontakt war auch nach Gesas Wegzug nicht abgebrochen.

»In ihrer Hamburger Zeit kam sie nicht so oft. Dafür bin ich manchmal zu ihr gefahren. Sie hat mir die Stadt und ihre Lieblingsplätze gezeigt und wir sind Kaffee trinken gegangen.«

»Was hat sie denn in Hamburg gemacht?«

»Nachdem sie ihr Betriebswirtschaftsstudium abgebrochen hatte, arbeitete sie in einem vegetarischen Bistro. Das hat ihr viel Spaß gemacht und das war wohl auch der Grund, warum sie ein eigenes Café in Estebrügge aufgemacht hat.«

Beckmann schaute sie fragend an. »Gab es noch jemanden außer ihrer Familie und ihrer Freundin Julia Wohlers, zu dem Ihre Cousine hier Kontakt hatte? Alles, woran Sie sich erinnern, kann uns helfen, die Hintergründe ihres Todes aufzuklären.«

Nadine Murken schaute die Kriminalbeamtin unsicher an. »Ich weiß nicht, ob ich Ihnen davon was sagen soll.«

Sie stockte. Beckmann nickte unmerklich.

Sie atmete tief ein und fuhr fort: »Wenn Gesa hier war, hat sie sich ab und zu mit Peer getroffen. Mit dem war sie früher mal zusammen. Aber ich glaube, zwischen denen war nichts mehr. Sie haben sich nur gut verstanden.«

»Wie heißt er denn weiter?«

»Peer Behrens. Er wohnt mit seiner Familie in Lilienthal.«

»Wusste ihr Ehemann von diesen Treffen?«

»Ich glaube nicht. Das hat aber auch nichts zu bedeuten. Wahrscheinlich wollte Gesa Ole nicht verunsichern.«

Donnerstag, 16. Mai

Als Gisela Schmidt kurz nach Dienstbeginn das Besprechungszimmer betrat, waren bereits alle versammelt und unterhielten sich angeregt. Die Kollegen verstummten und warteten, bis die MoKo-Leiterin den freien Platz gegenüber von Gerd Matthes eingenommen hatte. Sie fühlte sich beklommen, versuchte aber, dies zu überspielen. »Ich sehe, Sie sind schon mitten im Gespräch. Wenn das etwas mit unserem Fall zu tun hat, würde ich gern erfahren, was Sie beschäftigt hat. Gibt es etwas Neues?«

Ihr Blick fiel auf Hanne Beckmann und Jan Lühs. Die Ermittler berichteten von ihren gestrigen Befragungen im Landkreis Osterholz.

Britta Feindt richtete sich auf. »Mit diesem Jugendfreund ist die Cousine erst ziemlich spät rausgerückt. Da war vielleicht doch noch mehr zwischen den beiden. Es könnte doch sein, dass sie ihn in Hamburg getroffen hat. Außerdem werden alte Beziehungen gern mal aufgewärmt. Das macht ihn verdächtig.«

Schmidt schrieb etwas in ihr Notizbuch. »Das ist zwar eine verfrühte Annahme, es könnte aber durchaus etwas dran sein. Wir sollten ihn jedenfalls so schnell wie möglich vernehmen.«

»Da ist ja auch noch die Aussage der Schwägerin über die gemeinsame Zeit bei der Freilichtbühne Lilienthal. Im Arbeitszimmer haben wir einige Fotos von Theateraufführungen gefunden. Weiß jemand, was es damit auf sich hat?«, fragte Matthes.

Schmidt lächelte. »Als ich noch in Verden wohnte, war ich dort mehr als einmal mit meiner Tochter. Das ist ein im Bremer Umland bekanntes Laientheater, das jedes Jahr zwei Stücke aufführt, eines für Kinder und eines für Erwachsene. Der Spielort ist eine offene Bühne in Frankenburg, auf der es alljährlich am 1. Mai auch ein Open-Air-Jazzkonzert gibt. Frankenburg liegt nicht weit entfernt von St. Jürgen.«

Sie trank einen Schluck Wasser. »Apropos St. Jürgen. Gesa Renken hat sich anscheinend auch mit der Siedlungsgeschichte ihrer alten und neuen Heimat beschäftigt. Haben Sie gewusst, dass die Holländer fast zur selben Zeit den Landstrich an der

Wümme und das Alte Land trockengelegt und urbar gemacht haben?«

Matthes nickte. »Das hatten wir in der Schule. Allerdings weiß ich nur noch, dass ein Erzbischof im Mittelalter einige Bauernfamilien aus der Gegend um Utrecht angeworben hat. Dass sie auch im Bremer Raum waren, ist mir neu.«

Beckmann beschäftigte ein anderes Thema: »Wie kommt es, dass der Ehemann eine so ganz andere Einschätzung von der psychischen Verfassung seiner Frau hat als deren Freundin, Angestellte und Verwandte? Alle sprechen von ihrer Überlastung, nur er scheint davon nicht viel mitbekommen zu haben!«

»Er ist wohl sehr mit seiner Karriere beschäftigt und hat sich wenig um seine Frau und die Kinder gekümmert.« Schmidt schaute ihre Stader Kollegin nachdenklich an.

»Über das Engagement seiner Frau in der Umweltgruppe wusste er auch nicht gerade viel. Anscheinend haben die beiden in zwei getrennten Welten gelebt.«

Matthes empfahl als nächsten Schritt, unbedingt Kontakt zu Suse Gerdes, der Freundin aus Hamburg, aufzunehmen.

Feindt meldete sich erneut zu Wort. »Was ist, wenn der Ehemann doch dahinter gekommen ist, dass seine Frau einen Liebhaber hatte, den beiden gefolgt ist, und sie oder sogar beide umgebracht hat?«

»Wir haben aber nur eine Leiche gefunden«, wandte Gerd Matthes ein.

»Das heißt doch nichts. Es kann doch sein, dass Ole Renken ihn hat verschwinden lassen, vielleicht in die Elbe versenkt, und seine Leiche ist einfach nur noch nicht aufgetaucht.«

Zum Abschluss verlas Matthes den neuen Bericht der kriminaltechnischen Untersuchung des Laptops, die aber leider nichts Erhellendes gebracht hatte. Gesa Renken hatte den Laptop vor allem beruflich genutzt.

Gerade als die Sitzung zu Ende war, klingelte Matthes' Diensttelefon. Der Beamte der Polizeistation Jork, mit dem er bereits am Montag über die Vermisstenanzeige gesprochen hatte, war dran. Ein Kollege aus Steinkirchen, zu dessen Bereich Grünendeich und der Imbiss-Treffpunkt Sandhörn gehört, hatte ihn angerufen. Der Wirt hatte die Polizeistation am Nachmittag darüber informiert, dass auf dem Parkplatz seit einiger Zeit ein Pkw mit Stader Kennzeichen stand, für den außerdem keine Parkgebühr bezahlt worden war.

Da es öfter vorkam, dass Gäste, die zur Elbinsel Lühesand übersetzen wollten, für die Fähre zu spät dran waren, um sich noch ein Parkticket zu kaufen, hatte er sich zunächst nichts dabei gedacht. Meistens kamen die Ausflügler am Sonntagabend zurück, holten ihr Auto ab und zahlten dann nachträglich. Aber inzwischen war schon Donnerstag und der Pkw stand immer noch da. Der Imbissbetreiber hatte schon auf Lühesand angerufen, aber auf dem Campingplatz übernachtete niemand mehr, und die Autos der Wochenendhausbesitzer waren ihm bekannt. Er hatte der Polizei das Kennzeichen durchgegeben und der Steinkirchener Kollege hatte in Kenntnis der Vermisstenanzeige festgestellt, dass der Wagen auf Gesa Renken zugelassen war.

Keine halbe Stunde später machten sich zwei Ermittlerteams der MoKo und die Kriminaltechniker auf den Weg zu dem Imbiss.

Dort wurden sie bereits von Hans Rust erwartet. Er deutete auf den großen Platz rund um seinen Kiosk.

»Hier auf dem vorderen Teil parken am Wochenende oft viele Autos. Sie gehören den Spaziergängern oder Radfahrern, die ein paar Stunden oder einen Tag am Elbdeich verbringen oder nach Lühesand übersetzen. Die kehren auch oft bei mir ein. Es kommen aber auch viele Biker und die Leute, die im hinteren Teil des Platzes im Wohnwagen oder Wohnmobil übernachten.«

Anschließend führte er die Kriminalbeamten zu dem dunkelblauen VW-Golf mit Stader Kennzeichen, die sich den Wagen näher ansahen. Er war verschlossen und wirkte von außen unauffällig. Der Innenraum war leer, nichts wies auf die Eigentümerin hin.

Die Kriminaltechniker hatten einen Abschleppwagen gerufen, der das Auto mit einem Kran auf den Anhänger hievte und in eine Halle auf dem Gelände der Polizeiinspektion brachte. Dann sollte ein Ermittler versuchen, den Zweitschlüssel von Ole Renken zu besorgen, während die Leute vor Ort nun ihre volle Aufmerksamkeit dem Parkplatz zuwandten. Inzwischen waren auch Schmidt und Matthes eingetroffen.

Auf dem gepflasterten Platz und den angrenzenden Wiesenflächen befanden sich keine verwertbaren Reifenspuren oder Hinweise auf ein Geschehen mit tödlichem Ausgang.

»Seltsam«, überlegte die Leiterin der MoKo, »erst finden wir die Leiche in einer Apfelplantage, dann ihr Auto hier an der Elbe. Vielleicht ist hier in der Nähe der Tatort.« Schmidt sah zum Deich hinüber. »Wir sollten unbedingt auch am Ufer nach Spuren suchen. Vielleicht finden wir ja dort etwas.«

Zur Durchführung der Suche besprach sich Matthes mit den Ermittlungsteams und den verbliebenen Kriminaltechnikern. Anstatt den Deich zu Fuß zu erklimmen und das Ufer am Fähranleger zu untersuchen, fuhren alle mit den Autos ein Stück die Straße hoch und bogen hinter einem Starkstrommast auf eine asphaltierte Straße ab, die hinunter zur Elbe führte.

Matthes deutete auf einen Steg, der ins Wasser führte.

»Hier legt die Fähre nach Lühesand an. Sehen Sie die kleine Plattform? Das ist nur eine von dreien. Da gerade Flut ist, können wir die anderen beiden nicht sehen. Die befinden sich dahinter und stehen unter Wasser. Je nach Wasserstand dienen sie dazu, die Fahrgäste abzuholen und zurückzubringen. Wir sollten unbedingt herausbekommen, ob unser Opfer am Freitag auf der Insel war.«

Schmidt nickte. Ihr Blick fiel auf eine Reihe halbhoher Eisenpfosten, die an der linken Seite des Vorplatzes zum Anleger in den Asphalt eingelassen waren und die benachbarte Wiese abgrenzten. Sie untersuchte die einzelnen Pfosten und stieß bald auf einen Haufen unbehauener Steine in verschiedenen Größen, von denen einige scharfe Kanten aufwiesen. Überall hier an der Unterelbe war das Ufer mit ähnlichen Steinen befestigt. Anscheinend sollten diese hier demnächst einer weiteren Aufschüttung dienen.

Drei Steine waren anscheinend beim Abladen auf dem asphaltierten Platz gelandet und lagen vor dem Pfosten. Schmidt bückte sich, um sie näher zu betrachten. Dabei entdeckte sie auf dem Boden zwischen ihnen einen unregelmäßigen dunklen Fleck. Sie rief sofort Matthes herbei. »Sehen Sie mal! Sieht das nicht nach getrocknetem Blut aus? Und dazu die drei Steine?

Dr. Bartels hat doch etwas von einem kantigen Stein aus Granit gesagt?!«

Matthes war überrascht. »Ja, das könnte glatt sein. Das sollten wir gleich überprüfen lassen.«

Er rief einen Kriminaltechniker herbei, der die Spuren auf dem Asphalt sicherte. An einem der Steine entdeckte er kleinere Anhaftungen.

»Ja«, bestätigte er, »soweit ich das beurteilen kann, sieht das ganz nach Blut aus. Ich veranlasse die Untersuchung im Labor.«

Schmidt wandte sich an Matthes: »Die getrocknete Blutlache hier auf dem Boden könnte von unserem Opfer stammen. Dann wäre hier der Tatort. Dafür aber, dass dieser Stein das Tatwerkzeug gewesen sein könnte, weist er zu wenig Blutspritzer auf. Das müsste deutlich mehr Blut sein. Aber wo ist der?«

Matthes stimmte ihr zu. Er wies ein Team an, sich den Steinhaufen genauer anzusehen. Bald darauf war der Stein gefunden. Die Kriminaltechniker untersuchten ihn und brachten ihn sorgfältig eingepackt zu Schmidt und Matthes.

»Das dürfte die Mordwaffe sein.«

Erleichtert sahen sich die beiden Ermittler an. Matthes' Blick drückte Anerkennung aus.

Freitag, 17. Mai

Noch am Abend zuvor hatte Gerd Matthes den Pächter von Lühesand erreicht, der als Fährmann die Gäste mit seinem kleinen Boot auf die Insel und wieder zurückbrachte. Der Ermittler schickte ihm per Whatsapp ein Foto der Toten. Der

Mann versicherte, dass er Gesa Renken an dem Tag nicht befördert, sie vielleicht aber früher schon einmal gesehen habe. Allerdings war er sich nicht sicher. Wenn, lag das schon länger zurück.

In der Morgenbesprechung lagen bereits erste Ergebnisse der kriminaltechnischen Untersuchung des Parkplatzes vor. Das Türschloss von Gesa Renkens Pkw war anscheinend abgewischt worden. Im Innenraum befanden sich viele Fingerabdrücke der Besitzerin; zwei fremde konnten im Bereich des Beifahrersitzes sichergestellt werden. Im gesamten Wagen deutete nichts darauf hin, dass die Tote darin transportiert worden war. Die Proben vom Fähranleger beim Imbiss Sandhörn waren tatsächlich Blut, das mit der Blutgruppe des Opfers übereinstimmte. Die an der Kleidung sichergestellten Gras- und Pflanzenreste wiesen die gleiche Struktur auf wie die Gräser und Pflanzen auf der Wiese am Anleger.

Gisela Schmidt richtete sich freudig auf. »Volltreffer! Damit wissen wir ganz sicher, dass Frau Renken an der Kopfverletzung gestorben ist, die von dem Granitstein herrührt, den wir gefunden haben. Wahrscheinlich ist sie zunächst auf die angrenzende Wiese geschleift worden, dann wurde sie in einem Auto zur Plantage gefahren und zwischen die Apfelbaumreihen gelegt. Ein Puzzleteil haben wir also, jetzt fehlen uns noch der Täter und das Motiv. Auch bleibt die Frage, ob der Tod beabsichtigt war oder nicht? Da haben wir noch einiges zu klären!«

Matthes pflichtete ihr bei. »Nur was hatte die Frau an dem Fähranleger zu tun? Laut Aussage des Pächters war sie nicht auf Lühesand. Wo ist sie mit ihrem Liebhaber wohl stattdessen gewesen?«

Auf Geheiß der MoKo-Leiterin machte Hanne Beckmann Adresse und Telefonnummer von Peer Behrens ausfindig. Sie erreichte den ehemaligen Jugendfreund des Opfers auf dem Smartphone und vereinbarte für den Nachmittag ein Treffen.

Ein zweites Mal fuhr sie mit Jan Lühs in den Landkreis Osterholz. Unterwegs erkundigte er sich nach Emma und Paul, ihren Kindern. Sie lächelte versonnen. »Die beiden können ganz schön anstrengend sein, vor allem wenn sie streiten. Aber ich möchte sie nicht missen.«

Lühs schaute sie von der Seite an. »Ich bewundere dich! Wirklich, wie du das alles schaffst, Beruf und alleinerziehende Mutter. Ich glaube, ich hätte das nicht hinbekommen. Berit hat sich vor allem um die Kinder gekümmert. Ich war dann am Wochenende dran.«

»Sei froh, dass du dich mit deiner Frau gut verstehst. Damit ist es dir erspart geblieben, dich allein um deine Jungs kümmern zu müssen.«

»Na ja, wir hatten auch unsere Krisen, aber irgendwie haben wir es immer wieder geschafft, uns zusammenzuraufen.«

»Das ist uns leider nicht gelungen.« Bedauernd zuckte Beckmann mit den Schultern. »Ich bin aber sehr froh, dass wir uns immerhin einvernehmlich getrennt haben, wie es so schön heißt, und das Sorgerecht teilen. An jedem zweiten Wochenende sind Emma und Paul bei ihrem Vater und ich habe frei. Die Zeit genieße ich sehr.«

Als die beiden vor dem neu gebauten Klinkerhaus in Lilienthal hielten, öffnete sich die Tür und ein groß gewachsener, schlanker Mann mit kurz geschnittenem mittelblonden Haar trat heraus.

Sein Lächeln wirkte angespannt, als er die Beamten ins Wohnzimmer führte.

»Meine Frau ist mit den Kindern bei einer Freundin zu Besuch. Hier ist es selten so ruhig im Haus.«

»Herr Behrens, haben Sie eine Idee, warum wir Sie sprechen wollen?«

Er nickte und senkte den Blick. »Es geht um Gesa. Ich habe schon davon gehört. Es ist so schrecklich, was ihr passiert ist!«

»Von wem haben Sie denn von ihrem Tod erfahren?«

»Hans, ein Freund aus der Zeit bei der Freilichtbühne, hat mich angerufen, Hans Geffken. Wir sind damals zusammen mit Gesa und Nele aufgetreten. Nele hat später Gesas Bruder geheiratet.«

»Wie war denn Ihr Verhältnis zu Gesa Renken?«

Behrens Augen flackerten nervös. »Wie meinen Sie das?«

Lühs schaute ihn ernst an. »Sie haben mich schon verstanden. Wie wir erfahren haben, waren Sie einmal ein Paar. Ist das immer noch so? Oder wieder so?«

»Natürlich nicht! Ich bin verheiratet und habe zwei Kinder!«

Der Oberkommissar schüttelte den Kopf. »Das ist kein Hinderungsgrund. Bitte sagen Sie uns die Wahrheit. Es ist doch sicher auch in Ihrem Interesse, dass wir den Mörder schnell finden.«

»Wir haben uns nur ab und zu getroffen und über alte Zeiten geplaudert. Das war alles.«

»Sie kannten einander doch sehr gut und Frau Renken schien viel Vertrauen zu Ihnen zu haben. Sie wird mit Ihnen nicht nur über alte Zeiten gesprochen haben. Was war denn noch Thema?« Beckmanns Stimme klang beruhigend.

Behrens atmete tief durch und wandte sich an die Kriminalbeamtin. »Es ging ihr nicht so gut in letzter Zeit. Es wurde ihr einfach alles zu viel mit dem Café, den Kindern, dem Haushalt und der Gartenarbeit. Ich sage es ungern, aber sie fühlte sich von ihrem Mann ziemlich allein gelassen. Er war so sehr mit seiner Arbeit beschäftigt, dass er überhaupt nicht mitbekam, wie es ihr ging. Alle Versuche, mit ihm darüber zu sprechen, hat er abgeblockt. So hat Gesa es mir jedenfalls erzählt.«

»Also hat sie sich in dieser Situation sehr belastet gefühlt? Wann haben Sie denn das letzte Mal miteinander gesprochen?«

Behrens dachte nach. »Ja, sie war ziemlich fertig. Zuletzt gesprochen habe ich sie vor zwei Wochen. Da war sie bei ihren Eltern zu Besuch und wir haben uns in einem Café in Worpswede getroffen.«

»Wie oft haben Sie sich denn gesehen?«

»Eher selten. Manchmal hat sie angerufen, wenn sie ihre Eltern besuchte, dann haben wir uns auf einen Kaffee verabredet.«

»Waren Sie auch mal zusammen in Hamburg oder im Alten Land?«

Behrens schüttelte den Kopf. »Nein, dazu gab es keinen Anlass. Und ich hatte auch keine Zeit dafür.«

»Noch eine letzte Frage: Können Sie sich vorstellen, wer sie getötet hat und aus welchem Grund?«

»Nein, keine Ahnung.«

Bevor sich die Ermittler verabschiedeten, nahmen sie noch Behrens' Fingerabdrücke ab.

Auf der Rückfahrt sah Beckmann ihren Kollegen von der Seite an. »Du hast ihn ja ganz schön konfrontiert.«

»Hast du gesehen, wie nervös der war? Und dass seine Frau und die Kinder nicht zuhause waren, kam ihm nicht ungelegen. Wir hatten uns ja angekündigt und vielleicht hat er es auch so arrangiert, dass wir ihn allein angetroffen haben. Der hat alles andere als ein reines Gewissen. Deshalb bin ich gleich mit der Frage nach dem Verhältnis der beiden rausgekommen. Und seine Reaktion sprach Bände!«

Die Ermittlerin nickte nachdenklich. »Da hast du Recht. Meine Oma hat das mal so ausgedrückt: Männer geben das Fremdgehen nur zu, wenn sie direkt dabei erwischt werden.«

Lühs lächelte. »Deine Großmutter ist klug! Es war aber auch gut, dass du noch mal beruhigend auf ihn eingewirkt hast. Letztlich hat seine Aussage bestätigt, was wir von der Cousine und der Freundin gehört haben. Der Ehemann war wohl mehr mit sich und seiner Karriere beschäftigt und hatte kein Ohr für die Sorgen seiner Frau.«

Vor Dienstschluss kam die Mordkommission noch einmal zusammen. »Jetzt haben wir zwei Verdächtige, den Ehemann Ole und den Jugendfreund Peer Behrens, aber keinerlei Beweise. Wir wissen noch zu wenig über die Hintergründe der Tat und sollten mehr über das Leben unseres Opfers und ihr Umfeld in Erfahrung bringen.« Die MoKo-Leiterin schaute sich im Kreis ihrer Mitarbeiter um.

Britta Feindt meldete sich zu Wort. »Es gibt noch jemanden, von dem wir wenig wissen. Ein gewisser Hans Geffken hat Peer Behrens über Gesas Tod informiert. Sie kennen sich von der Freilichtbühne, wo sie zusammen gespielt haben. Ich habe ihn heute

Nachmittag angerufen und zu unserem Fall befragt. Er ist von Nele Semken über Gesas Tod informiert worden und wirkte sehr betroffen. Kurz darauf hat Geffken die Nachricht an Peer Behrens weitergegeben. Geffken wusste, dass die beiden früher mal ein Paar gewesen sind und sich immer noch trafen. Er vermutet aber, dass da nichts mehr zwischen den beiden ist – vielmehr war.«

Matthes lächelte. »Irgendwie ist das schon ein besonderes Kleeblatt, die vier ehemaligen Laienschauspieler. Die Zeit bei der Freilichtbühne muss sie ziemlich zusammengeschweißt haben. Sie stehen anscheinend immer noch in regem Kontakt.«

»Da stellt sich tatsächlich die Frage, warum die Verbindung noch immer so eng ist? Und ob es ein paar gemeinsame Themen und Geheimnisse gibt, die sie miteinander teilen? Ich vermute, die wissen noch einiges mehr über unsere Tote.« Beckmann schaute ihre Vorgesetzte fragend an.

Die nickte. »Könnte was dran sein. Haben Sie eine Idee, wie wir da mehr herausbekommen könnten?«

»Sie alle zusammen vorladen und zu Gesa Renken befragen? Oder doch lieber einzeln?«

»Die gemeinsame Befragung ist eine gute Idee. Sie könnte unter dem Motto stehen, uns ein besseres Bild des Mordopfers machen zu wollen. Wir müssen nur einen Termin finden, an dem alle kommen können. Am besten bestellen Sie die drei für Anfang nächster Woche ein.«

»Wir sollten unbedingt auch Kontakt zu der Umweltgruppe aufnehmen, in der Frau Renken aktiv war.« Matthes wandte sich an Bernd Schuback. »Finde du doch mal heraus, wer da mit ihr zusammengearbeitet hat.«

Endlich waren die Anruflisten des Festnetzanschlusses und des Handys eingetroffen. Auch wenn Gesa Renkens Smartphone verschwunden war, die vom Netzbetreiber gespeicherten Rufnummern waren noch verfügbar. Bernd Schuback verteilte die Listen. »Viele der genannten Personen kennen wir schon, andere sind uns neu. Jetzt müssen wir noch klären, in welchem Verhältnis Frau Renken zu ihnen stand. Vielleicht ist ja auch der Täter darunter.«

Schmidt stimmte zu. »Wir werden dazu die Familie und Freunde befragen. Nächste Woche fangen wir mit dem Ehemann an.«

Gerade als sie sich mit ihrer Abendmahlzeit auf den Balkon gesetzt hatte, klingelte das Telefon.

Katrin war am Apparat. Ihre Stimme klang fröhlich. »Hallo Mama, an diesem Wochenende habe ich endlich mal Zeit dich zu besuchen. Ist es in Ordnung, wenn ich am Samstagmorgen vorbeikomme?«

»Aber klar, ich freue mich! Weißt du schon, wann du da sein wirst?«

»Ich habe schon nachgeschaut. Um 10:30 Uhr am Bahnhof in Stade. Ist das in Ordnung?«

Gut gestimmt nahm Gisela einen Schluck aus ihrem Glas. Bei der Entscheidung für den Wechsel nach Stade hatte auch die Nähe zu ihrer Tochter eine wichtige Rolle gespielt, die in Hamburg Medizin studierte. Und in der Dreizimmerwohnung an der Schwinge wartete bereits das Gästezimmer auf Katrins Besuch.

Samstag, 18. Mai

Als Gisela am Bahnsteig auf ihre Tochter wartete, dachte sie an die letzte Begegnung an Ostern vor drei Wochen. Katrin hatte Abschied von ihrem Elternhaus in Verden genommen, in dem sie von ihrem vierten Lebensjahr bis zum Auszug ins Studium gelebt hatte. Gisela war ihrer Tochter gefolgt, die mit traurigem Blick die einzelnen Räume abgelaufen war. Gemeinsam hatten sie sich an viele Ereignisse aus Katrins Kindheit und Jugend erinnert, die sich in diesen Wänden zugetragen hatten.

»Weißt du noch, wie ich mich hinter dem Vorhang versteckt habe, wenn ich ins Bett sollte?«

»Hier an dem Türrahmen ist markiert, wie du in den Jahren gewachsen bist.«

An diesem Osterfest waren Gisela immer wieder Zweifel gekommen, ob ihre Entscheidung für die berufliche und räumliche Veränderung richtig gewesen war, gepaart mit dem schlechten Gewissen, ihrer Tochter auch noch diesen Abschied zuzumuten. Auf der anderen Seite hatte Katrin ihr Elternhaus bereits verlassen und war auf dem Weg, sich eine eigene Zukunft aufzubauen.

Ostermontag hatte Katrin ihr Zimmer ausgeräumt und nur wenige Kartons in ihre Studenten-WG nach Hamburg mitgenommen. Das Bett, der Kleiderschrank und der Schreibtisch hatten samt einiger Kartons im Gästezimmer der neuen Wohnung in Stade Platz gefunden.

Der Zug fuhr ein und aus dem letzten Waggon stieg Katrin aus, den Rucksack auf dem Rücken. Sie sah ein wenig blass aus, wie Gisela feststellte, strahlte aber, als sie ihre Mutter umarmte.

Sie spazierten am Burggraben entlang, durch den Bürgerpark und die Salztorscontrescarpe zu Giselas neuem Heim, wo sie die drei Stockwerke zur Wohnung hinaufstiegen. Die Mutter beobachtete, wie ihre Tochter die Räume neugierig erkundete. Schließlich trat sie auf den Balkon und betrachtete eine Weile das Treiben der Boote auf dem Fluss. Katrin drehte sich zu ihrer Mutter um und nickte anerkennend. »Eine schöne Wohnung. Und die Möbel, die du mitgenommen hast, passen gut hier rein. Vor allem auch meine alten.« Sie grinste und legte ihren Rucksack auf das Bett – so nahm sie das Gästezimmer in Besitz.

Wenig später machten sie sich zu Fuß auf den Weg in die Innenstadt. Nach zehn Minuten erreichten sie den Alten Hansehafen, der zur Zeit der Hanse ein florierender Umschlagplatz für Waren aus ganz Europa gewesen war. Katrin staunte über die liebevoll restaurierten Fachwerkhäuser, die sich im Wasser der Schwinge spiegelten. Mit ihrem Smartphone machte sie Fotos aus mehreren Perspektiven.

»Unglaublich! Verden ist ja schon eine tolle alte Stadt. Ich habe die historischen Häuser um den Dom immer sehr geliebt. Aber das hier ist noch mal was ganz Besonderes!«

Sie besichtigten den Schwedenspeicher, das ehemalige Proviantkhaus, in dem jetzt die Stadtgeschichte präsentiert wird, schlenderten über den Fischmarkt, durch die Bungen-, Bäcker- und Hökerstraße und bewunderten immer wieder die mittelalterlichen Häuser mit ihren besonders geschnitzten und verzierten Giebeln in der von zahlreichen Touristen bevölkerten Fußgängerzone.

Bevor sie die Kirche St. Cosmae et Damiani betraten, sah Katrin hinauf zum barocken Zwiebelturm und staunte. »Solche Turmhauben kennt man eigentlich nur aus Süddeutschland.«

Ihre Mutter nickte. »Du hast Recht. Ist mir noch gar nicht aufgefallen. Komm, gehen wir mal hinein.«

Kaum dass sie den Innenraum betreten hatten, erfüllte ein wunderbarer Klang die Kirche. Sie hatten Glück, der Organist probte für den Gottesdienst am nächsten Tag.

»Das ist eine ganz besondere Orgel«, erklärte Gisela ihrer Tochter, »ich habe gelesen, dass sie von dem Orgelbauer Berendt Hus und seinem berühmten Gesellen und Neffen Arp Schnitger gebaut und 1673 fertig gestellt wurde. Viele Kirchen hier im Alten Land haben eine Schnitger-Orgel. Seine Hauptwerkstatt hatte er in Hamburg, aber er unterhielt auch Filialen in Groningen und Berlin. Er hat in ganz Nordeuropa und Portugal über 100 Barockorgeln geschaffen. Eines seiner vollkommensten Meisterwerke befindet sich übrigens hier ganz in der Nähe, in der Kirche St. Pankratius in Neuenfelde. Vielleicht fahren wir gelegentlich mal dahin.«

Die beiden Frauen setzten sich und hörten ergriffen zu. Als der letzte Ton verklungen war, atmete Katrin tief durch.

Am Abend kehrten sie erschöpft vom langen Stadtrundgang in einem Restaurant am Alten Hansehafen ein. Katrins Blick fiel auf die Straßenlaternen, die sich im Hafenwasser spiegelten. Ein Holzschiff lag im Becken, von einigen Lampen beleuchtet. Sie seufzte und lehnte sich zurück. »So ein malerischer Blick. Danke für den schönen Tag, Mama.«

Da der Abend sehr milde war, setzten sich die beiden noch auf den Balkon. Gisela sah ihre Tochter nachdenklich an. »Du siehst etwas blass aus. Wie geht es dir eigentlich in Hamburg? Du erzählst so wenig von dir.«

Katrin schaute ihre Mutter überrascht an. »Ganz gut, eigentlich. Im Moment bin ich nur etwas geschafft. Wir schreiben gerade viele Klausuren.«

»Und außerhalb der Uni?«

»Mit Anna habe ich viel Spaß. Wir lernen gemeinsam, kochen auch zusammen. Vor einer Woche ist Lukas bei uns eingezogen, unser neuer Mitbewohner. Er studiert Physik.«

»Und, wie findest du ihn?«

»Er ist sympathisch. Ich glaube, er passt gut zu uns. Mehr kann ich noch nicht sagen.«

Sonntag, 19. Mai

Kurz nachdem Gisela Schmidt ihre Tochter zum Zug gebracht hatte, machte sich Gerd Matthes auf den Weg zu einem Altenheim am Stadtrand von Stade. Beklommen betrat er den Flur, der zur Küche im Wohnbereich seiner Mutter führte. Ihn empfing der Geruch des bevorstehenden Mittagessens. Er schnupperte und tippte auf geschmortes Rindfleisch.

Wie immer fand er die alte Dame an ihrem Platz am Tisch vor. Hier saß sie fast den ganzen Tag und schaute aus dem Fenster. Auch dieses Mal, mit übergeschlagenen Beinen und einem wippenden Fuß, betrachtete sie etwas auf der großen Eiche vor dem Verwaltungsgebäude. Ihr Sohn sah ihr kurz über die Schulter und entdeckte ein Eichhörnchen, das von Ast zu Ast hüpfte.

»Hallo Mama.« Er umarmte seine Mutter.

Überrascht schaute sie ihn an, dann breitete sich ein Lächeln über ihr Gesicht aus.

»Schön, dass du da bist!«

Gerd setzte sich auf den Stuhl neben sie. »Wie geht es dir?«, fragte er.

»Gut!« Sie strahlte ihn an.

»Und wie war deine Woche?«

Sie wurde ernst, ihr Blick unsicher. Als der Sohn die Veränderung wahrnahm, ärgerte er sich, die Frage gestellt zu haben. Ihre Antwort kam zögerlich.

»Ich weiß nicht, ich vergesse so viel.«

Die Mitarbeiterin hinter dem Herd war dem Gespräch gefolgt. »Ihrer Mutter geht es gut. Sie isst mit Appetit. Als Frau Simon, die Betreuerin, mit allen gesungen hat, hat Ihre Mutter sogar mitgemacht. Das war doch so, Frau Matthes?«

Die kräftige Frau im mittleren Alter sprach mit einem Akzent, den der Kommissar in ein slawisches Land verortete. Matthes mochte die Pflegerin, da sie sich liebevoll um seine Mutter kümmerte, und suchte nach ihrem Namen. Zum Glück fiel ihm der wieder ein: Frau Nowak.

Matthes' Mutter lächelte und nickte. Inzwischen hatte Frau Nowak Rindsrouladen, Rotkohl, Kartoffeln sowie Bratensoße auf mehrere Teller verteilt und brachte diese zu den anderen Mitbewohnern, die ihren Platz bereits eingenommen hatten. Sie wandte sich an Gerd.

»Möchten Sie Ihrer Mutter das Essen anreichen?«

Er nickte, nahm den Teller in Empfang und begann sie zu füttern.

Eine Stunde später kehrte Gerd aus dem Altenheim zurück. Er setzte Wasser auf und beschloss, nach einer kurzen Pause joggen zu gehen. Gerade als er sich umgezogen hatte, schellte es. Jenny stand vor der Haustür. Sie sah wie immer verboten aus. Die Augen waren mit schwarzem Kajalstift umrahmt und machten das schmale Gesicht noch blasser. Ihre dunklen Haare wirkten struppig, waren anscheinend schon lange nicht mehr gekämmt worden. Die löchrigen Jeans schlackerten um ihren Körper. Sie schien noch mehr abgenommen zu haben. Ihre Stimme klang rau.

»Kann ich reinkommen?«

Unwillig ließ er sie herein.

Montag, 20. Mai

Beschwingt stieg Gisela Schmidt die Treppe hinauf zu ihrem Dienstzimmer. Katrin war nach einem ausgiebigen Frühstück am späten Sonntagvormittag zurück nach Hamburg gefahren und hatte ihrer Mutter beim Abschied am Bahnsteig versprochen, so schnell wie möglich wiederzukommen, um mit ihr eine Radtour durch das Alte Land zu machen. Darauf freute sie sich jetzt schon. Auf dem Flur traf sie ihren Kollegen Gerd Matthes und begrüßte ihn gut gelaunt. Er reagierte verhalten und begleitete sie schweigend ins Besprechungszimmer.

Die Morgenbesprechung der Mordkommission fiel kurz aus. Direkt im Anschluss machten sich Schmidt und Matthes auf den Weg zu Ole Renken. Auf der Fahrt nach Moorende schien Matthes seine Sprache wiederzufinden.

»Mir hat die Holländerkolonisation keine Ruhe gelassen und ich habe noch mal nachgelesen. Die so genannte Erste Meile, also die Gegend zwischen Schwinge und Lühe wurde zuerst eingedeicht und besiedelt, das war um 1140. Die Zweite Meile reicht von der Lühe bis zur Este, dort liegt Jork als historisches Zentrum des Alten Landes. Sie wird auch die Goldene Meile genannt. Hier war die Eindeichung am Ende des 12. Jahrhunderts abgeschlossen. Das Gebiet zwischen Este und der alten Süderelbe bei Moorburg bildet die Dritte Meile. Steinkirchen gilt als das älteste Holländerdorf im Alten Land.«

Er bog in die Straße nach Moorende ein und deutete auf die erhöht liegenden Häuser rechts. »Der erste Deich wurde von den Holländern zum Schutz gegen Hochwasser gebaut. Sie haben die parallel verlaufenden Entwässerungsgräben angelegt und so das Land kultiviert. Moorende müsste als Deichhufendorf auch eine Gründung der Holländer sein. Schon um 1200 soll es hier eine Holländer-Klappbrücke über die Este gegeben haben, nur hier konnten die Kirchgänger aus der Dritten Meile trockenen Fußes die Este überqueren. Auf der Este wurden sogar Hansekoggen von Buxtehude stromabwärts getreidelt.«

Lächelnd fuhr er fort: »Die Forscher sind sich nicht einig, wo genau die Kolonisation angefangen hat, an der Weser oder an der Elbe. Es gibt eine Urkunde von 1113 über einen Vertrag zwischen Erzbischof Friedrich I. und holländischen Abgesandten, darunter auch der Priester Heinrich, der die Siedler später begleitete – vor der Kirche in Steinkirchen gibt es übrigens eine Statue von ihm. Von der Urkunde existieren aber nur noch mehrere Abschriften, das Original ist verschollen. Darin weist der Erzbischof holländischen Siedlern Gebiete zur Urbarmachung in der Erzdiözese Bremen-Hamburg zu. Mal wird der Erzbischof aus Bremen, dann aus Hamburg stammend bezeichnet, geboren in Bremen oder in Lühe im Alten Land.«

Aufmerksam folgte Gisela Schmidt den Ausführungen ihres Kollegen. Gleichzeitig fragte sie sich, warum er das alles nachgelesen hatte. Interessierte er sich tatsächlich für das Thema oder wollte er sie nur beeindrucken? Ihr Blick schweifte den Deich entlang.

»Dann hatte Gesa Renken Recht, ihre alte wie ihre neue Heimat ist von den Holländern kultiviert worden. Sie ist tatsächlich ihren Spuren gefolgt.«

Kaum dass Hanne Semken die Haustür geöffnet hatte, wurden die Ermittler auch schon angeblafft: »Was wollen Sie denn schon wieder hier? Ole hat mir erzählt, dass sie ihn schon mehrmals befragt haben. Und bei uns waren sie doch auch schon. Reicht das nicht langsam?«

Matthes schaute sie ernst an. »Wir müssen Ihren Schwiegersohn noch einmal sprechen.«

Frau Semken zuckte mit den Schultern und ging voraus. Im Wohnzimmer wartete Ole Renken bereits auf sie. Als die Ermittler eintraten, erhob er sich. Er sah immer noch blass aus. Im Gegensatz zur ausgeprägten Glatze wiesen die dunklen Bartstoppeln im Gesicht auf einen kräftigen Haarwuchs hin. Hemd und Hose waren frisch gebügelt. Schmidt schätzte, dass Hanne Semken für die Kleidung der Familie sorgte, aber keinen Einfluss auf die Körperpflege ihres Schwiegersohns nahm.

Die MoKo-Leiterin eröffnete das Gespräch. »Wir sind noch einmal hier, um weitere Fragen zu klären und Informationen zu sammeln. All das soll dazu dienen, schnellstmöglich den Täter zu finden. Ich denke, das ist auch in Ihrem Interesse!«

Renken nickte und sah die beiden Kriminalbeamten fragend an.

»Sie haben doch den Wagen meiner Frau auf dem Parkplatz Sandhörn an der Elbe gefunden. Wissen Sie schon, wie er dort hingekommen ist?«

Schmidt schüttelte den Kopf. »Nein, leider nicht. Wir konnten aber in Erfahrung bringen, dass sie wohl am Anleger nach Lühesand zu Tode kam.«

Der Witwer versuchte die Nachricht zu begreifen. »Wie ist das passiert?«

»Das versuchen wir noch herauszubekommen.«

»Was wollen Sie dann von mir?«

Matthes holte zwei Computerausdrucke aus seiner Tasche. »Das sind die Anruflisten, sowohl vom Festnetz als auch vom Smartphone Ihrer Frau. Die meisten Nummern können wir zuordnen und die Personen sind uns bekannt, einige aber nicht. Können Sie mit den markierten Namen etwas anfangen?«

Renken beugte sich über die Blätter und ging die einzelnen Einträge durch.

»Das ist der Name des Mathelehrers unseres Sohnes. Anscheinend gab es mal wieder Probleme mit den Hausaufgaben. Das könnten Bekannte von Gesa aus der Umweltgruppe sein, ich bin mir aber nicht sicher.« Er richtete sich auf. »Mit den restlichen kann ich nichts anfangen. Fragen Sie doch mal Nora, vielleicht haben die was mit dem Café zu tun?«

Matthes bedankte sich für den Tipp und machte eine kleine Pause, bevor er Ole Renken mit den Aussagen der Verwandten und Freunde im Teufelsmoor konfrontierte.

»Sie haben ausgesagt, dass Ihre Frau mit ihrem Leben und ihrer Arbeit im Einklang war. Wie kommt es, dass alle anderen übereinstimmend ein komplett anderes Bild vermitteln?«

Entsetzt schaute Renken den Kommissar an. »Davon habe ich nichts gewusst!«

»Wie kommt es, dass alle anderen das bemerkt haben, aber ausgerechnet Sie nicht?«

Hilflos zuckte der Witwer mit den Schultern. »Ich weiß nicht. Ich bin beruflich sehr eingespannt und habe hier zuhause vielleicht zu wenig mitbekommen. Nur warum hat sie mir nichts davon gesagt?«

Unsicher huschte Renkens Blick von einem Ermittler zum nächsten. Doch dann schien er sich zu fangen und richtete sich wieder auf. »Selbst wenn meine Frau überlastet gewesen ist, was soll das denn mit ihrem Tod zu tun haben? Was nützt dieser Vorwurf bei Ihren Ermittlungen? Gesa hat sich nicht selbst umgebracht, sie wurde ermordet! Sie sollten lieber nach dem Mörder suchen!«

Matthes nickte. »Das machen wir auch. Dazu müssen wir aber alles über die Beziehungen Ihrer Frau und ihre Befindlichkeit erfahren. Jedes Detail ist wichtig. Apropos Beziehungen: Wussten Sie, dass Ihre Frau noch regelmäßig Kontakt zu ihrem Jugendfreund hatte?«

Irritiert schaute Renken den Ermittler an. »Meinen Sie Peer? Ich wusste, dass sie mit ihm bei der Freilichtbühne gespielt hat.

Aber nicht, dass sie sich noch getroffen haben. Was war denn mit den beiden? Hatten die was miteinander?«

In diesem Augenblick griff Schmidt in das Gespräch ein. »Das wissen wir noch nicht. Uns stellt sich allerdings die Frage, ob Sie wirklich nichts davon gewusst haben. Tötung aus Eifersucht kommt häufig genug vor.«

»Sie glauben doch nicht ernsthaft, dass ich meine Frau umgebracht habe? Ich habe sie geliebt!«

Verzweifelt verbarg Renken das Gesicht in seinen Händen. »Das darf doch alles nicht wahr sein. Erst verliere ich Gesa. Und dann soll ich noch der Mörder sein!« Tränen liefen über sein Gesicht. »Glauben Sie mir, ich war es nicht! Das ist alles ein Albtraum.«

Matthes versuchte, den Witwer zu beruhigen. »Wir müssen Sie das fragen, da Sie für die Tatzeit kein Alibi haben. Es gehört zu unseren Aufgaben alle zu überprüfen, die Ihrer Frau nahestanden.«

Mehr war aus Renken nicht herauszubekommen, dafür war er viel zu aufgewühlt. Schweigend fuhren die Ermittler zurück nach Stade.

»Glauben Sie ihm?«

»Ich weiß nicht.« Schmidts Stimme klang zögerlich. »Seine Verzweiflung klingt echt. Und wir haben keine ausreichenden Beweise. Wir sollten erst noch den anderen Spuren folgen.«

Matthes nickte. Er holte die Anruflisten aus seiner Mappe. »Hier sind noch sechs Namen offen. Wir sollten Renkens Vorschlag folgen und Nora Matthies befragen, danach auch die Freunde und Verwandten des Opfers.«

Kommissaranwärter Schuback hatte am Vormittag zwei Mitglieder der Umweltinitiative ausfindig gemacht, deren Telefonnummern sich im Smartphone der Toten fanden. Sie waren bereit, über Gesa Renken zu sprechen, und kamen am Nachmittag pünktlich in die Polizeiinspektion. Der ältere von ihnen sah genauso aus, wie sich die Hauptkommissarin immer einen Grün-Alternativen vorgestellt hatte: der Siebzigjährige war pensionierter Lehrer mit einem grauen Lockenkopf und Vollbart, trug einen groben Wollstrickpullover und ausgebeulte Cordhosen. Dagegen entsprach der jüngere, ein Verwaltungsangestellter in den Mittvierzigern, eher dem Bild eines korrekten Beamten. Beide schilderten Gesa als engagierte Mitstreiterin, die sich vor allem gegen die Elbvertiefung eingesetzt hatte. Gleichzeitig hatte sie für die Verbesserung des Naturschutzes bei der Planung der Autobahn A 26 im Alten Land gekämpft.

»Welche Position hatte Frau Renken in Ihrer Gruppe?«

Der Lehrer runzelte die Stirn. »Wie meinen Sie das?«

»Hielt sie sich bei den Auseinandersetzungen im Hintergrund oder nahm sie bei den Diskussionen und Aktionen eher eine führende Rolle ein?«

Der Verwaltungsangestellte lächelte. »Zurückhaltung war nicht Gesas Sache. Sie war immer vorne mit dabei. Auch bei den öffentlichen Auftritten und Aktionen unseres Vereins.«

»Damit hat sie sich bestimmt nicht immer nur Freunde gemacht.«

»Richtig. Wie Sie sicher wissen, geht es bei der Elbvertiefung um massive wirtschaftliche Interessen. Damit immer noch größere Containerschiffe den Hamburger Hafen tideunabhängig anlaufen können. Und letztlich hat sich die Wirtschaft durchgesetzt.«

In der Abendbesprechung ließ die Leiterin der Mordkommission das Gespräch noch einmal Revue passieren.

»In der Umweltgruppe nahm Frau Renken eine führende Rolle ein und stand in Gegnerschaft zu den Kräften, die für die Elbvertiefung waren. Könnte sie sich da Feinde gemacht haben, die ihr nach dem Leben trachteten?«

Matthes schüttelte den Kopf. »Kann ich mir schwer vorstellen. Der Beschluss, die Elbe auszubaggern, stand doch schon länger fest. Die Hafenwirtschaft hat sich durchgesetzt. Warum sollte dann noch jemand Gesa Renken umbringen?«

»Eine späte Rache? Dazu würde passen, dass sie an der Elbe getötet wurde. Als Zeichen: Legt euch nicht mit uns an.«

»Das würde ja auf mafiöse Strukturen hinweisen. Aber wäre sie anschließend auf diese Art und Weise in einer Apfelplantage abgelegt worden?«

Im Besprechungszimmer breitete sich eine nachdenkliche Stille aus. Lühs konnte sich ebenfalls nicht vorstellen, dass Gesa Renken durch einen Befürworter der Elbvertiefung umgebracht worden sein könnte. Schmidt schaute in die Runde.

»Ich kenne mich mit dem Thema Elbvertiefung leider zu wenig aus. Können Sie mir bitte erklären, worum es da eigentlich geht?«

Schuback räusperte sich. »Ich war in der Greenpeace-Jugend aktiv. Da haben wir viel dagegen unternommen. Und ich habe mit einigen anderen ein Paper zu dem Thema verfasst, deswegen bin ich noch ganz gut mit der Materie vertraut. Wenn Sie wollen, kann ich Ihnen kurz davon berichten und Ihnen später den Text schicken. Ist das in Ordnung?«

Die MoKo-Leiterin nickte. »Das würde mich freuen. Wenn die anderen auch daran interessiert sind? Denn es ist Montagabend und Sie möchten sicher bald nach Hause!«

Da alle zustimmten, begann Schuback mit seinem Vortrag:

»Ich fasse mich wirklich kurz. Erst mal eine Frage: Wissen Sie eigentlich, dass das jetzt schon die neunte Elbvertiefung ist?«

Schmidt und einige Kollegen schüttelten erstaunt den Kopf.

»Ja. Ich habe die Zahlen nicht mehr so genau auf dem Schirm. Aber ich glaube, die erste fand um 1820 statt, die letzte von 1991 bis 1998. Am Anfang wurde auf eine Höhe von 3,50 Meter ausgebaggert, bei der letzten auf fast 15 Meter! Und das reicht anscheinend immer noch nicht! Ziel ist es, dass Containerschiffe mit einem Tiefgang bis 14,50 Meter den Hamburger Hafen tideunabhängig anfahren können. Und dass gleichzeitig zwei Riesenpötte nebeneinander fahren können.« Er hielt einen Moment inne. »Das Ganze hat enorme Folgen für das Ökosystem. Das weitere Ausbaggern der Fahrrinne führt dazu, dass sich salziges Meer- mit süßem Flusswasser mischt. Je tiefer das Flussbett wird, desto schneller fließt das Wasser und reißt Erde aus der Uferlandschaft fort. Das hat auch Auswirkungen auf die Wasserstände. Bei Flut drückt das Wasser schneller herein und transportiert Schlick aus der Nordsee mit. Bei Ebbe fließt es langsamer ab und nimmt die Ablagerungen nicht mehr mit. Das führt dazu, dass Flachwasserbereiche versanden. Und gerade die Uferzonen sind so wichtig für die Pflanzen- und Tierwelt.

Der Schierlings-Wasserfenchel, den es nur an der Elbe gibt, ist gefährdet, ebenso viele Wasservögel und Fische.«

Schmidt schüttelte den Kopf. »Und das Ganze ist beschlossene Sache?«

»Ja, doch das war ein langer Prozess. 2002 hatte Hamburg beim Bundesverkehrsministerium den Antrag zum neunten Ausbau der Elbe gestellt. Dann kamen viele Einwände von Bürgern, Kommunen und Verbänden, Planungsänderungen, Klagen beim Bundesverwaltungsgericht. Im Februar 2017 wurde die Elbvertiefung mit Auflagen genehmigt. Und 2019 haben die Arbeiten begonnen.«

Auf dem Heimweg machte Gisela Schmidt am historischen Hansehafen halt und setzte sich auf eine Bank vor dem Schwedenspeicher. In einem Stadtführer hatte sie gelesen, dass von hier die Handelsschiffe einst über die Schwinge in die Elbe gefahren waren. Doch mehr wusste sie nicht über die Geschichte ihrer neuen Heimat. Ihr rauschte noch der Kopf von den vielen Informationen zum Thema Elbvertiefung. Vielleicht hätte Gerd Matthes die Position des Ermittlungsleiters besser ausgefüllt, war er doch schon so lange in der Polizeiinspektion tätig und hier aufgewachsen.

Dienstag, 21. Mai

Von Bernd Schubacks gestrigem Bericht noch immer beeindruckt kam Gisela Schmidt in der Morgebesprechung noch einmal auf das Thema Elbvertiefung. Sie schaute den Kommissaranwärter nachdenklich an.

»Der Gedanke, dass unser Fall doch mit der Elbvertiefung zu tun hat, lässt mich nicht los. Schließlich ist Gesa Renken doch am Fluss umgebracht worden.«

»Das könnte durchaus sein.« Schuback setzte sich auf. »Und dass sie dann noch unter den Apfelbäumen im Alten Land abgelegt wurde! Dazu würde passen, dass das weitere Ausbaggern auch Auswirkungen auf die ansässigen Obstbauern hat. Sie fürchten, dass der Salzgehalt des Flusses so weit ansteigt, dass sie ihre Plantagen nicht mehr mit dem Elbwasser beregnen können. Bei Flut wird das Wasser aus der Elbe in die extra dafür angelegten Vorratsbecken geleitet, und es braucht mehrere Flutzeiten, bis diese auch im Hinterland gefüllt sind. Im Frühjahr bei Frost können die empfindlichen Blüten so vor dem Erfrieren geschützt werden. Dabei haben es die Bauern durch den Klimawandel schon schwer genug.«

Die MoKo-Leiterin schaute Schuback fragend an. »Wie meinen Sie das?«

»Durch den Klimawandel beginnt die Obstblüte meistens schon zwei Wochen eher als in früheren Zeiten. Dann kann es aber noch zu Kälteeinbrüchen kommen und die Blüten sterben ab. Im Sommer bekommen die Äpfel häufig einen richtigen Sonnenbrand, kriegen dunkle Flecken und eine ledrige Haut, dann lassen sie sich nicht mehr verkaufen. Außerdem gibt es neue Schädlinge, die zu Ernteeinbußen führen.«

Hanne Beckmann nickte. »Dass wirtschaftliche Interessen meistens gegen den Umweltschutz siegen, haben doch schon die Auseinandersetzungen um das Mühlenberger Loch gezeigt.«

»Mühlenberger Loch?« Schmidt sah ihre Mitarbeiterin fragend an.

»Das ist am Hamburger Hafen. Eine Bucht der Elbe, die mal eines der größten Süßwasserwattgebiete Europas war und ein wichtiges Vogelschutzgebiet. Dazu müssen Sie wissen, dass direkt an dem Mühlenberger Loch das Airbus-Gelände liegt.«

Schmidt horchte auf, unterbrach Beckmann aber nicht.

»Die Firma wollte ein noch größeres Modell, den A 380, bauen und brauchte eine Werkserweiterung. Dafür wurde eine große Fläche des Mühlenberger Lochs zugeschüttet. Das gab natürlich heftige Auseinandersetzungen mit den Umweltverbänden. Und wie bei der Elbvertiefung wurde der Antrag genehmigt. Zwar wurden Ausgleichsflächen geschaffen, die sind aber durch die neue Elbvertiefung erneut gefährdet. Weil die Elbe stärker verschlickt, wenn erneut ausgebaggert wird, könnten die Brutgebiete häufiger überschwemmt werden.«

Schmidt dachte laut nach. »Die Zuschüttung eines Teils des Mühlenberger Lochs fand doch auf Betreiben der Airbus statt. Ole Renken arbeitet als leitender Ingenieur in der Firma. Und seine Frau war eine der Sprecherinnen einer der Umweltgruppen. Das könnte doch auch zu Unstimmigkeiten zwischen den beiden geführt haben.«

Matthes nickte. »Ich schätze aber, dass die Airbuserweiterung vor dem Umzug der Renkens ins Alte Land stattgefunden hat. Es ist die Frage, ob sie da schon in der Gruppe aktiv war.«

»Wie auch immer, nach Schubacks Bericht gefährdet die Elbvertiefung die Ausgleichsflächen für das Mühlenberger Loch. Das könnte doch auch zu Diskussionen geführt haben, auch wenn der Ehemann bekräftigt, dass ihn die Arbeit seiner

Frau in der Umweltgruppe wenig interessiert und sie kaum darüber gesprochen hätten.«

Matthes fuhr am Nachmittag noch einmal zu Ole Renken, der auf die Frage, ob es Streit mit seiner Frau wegen Umweltthemen gegeben hatte, irritiert war. »Nur weil ich bei Airbus arbeite und unsere Firma das Mühlenberger Loch zuschütten ließ? Das war zwischen 2001 und 2003, lange vor meiner Zeit. Außerdem ging es auch um den Erhalt des Standorts und die Sicherung vieler Arbeitsplätze. Und es wurden Ausgleichsflächen geschaffen! Wie meine Frau finde ich es wichtig, sich für die Umwelt einzusetzen. Das ist auch so beim Thema Elbvertiefung. Da war ich auf ihrer Seite, zumal wir mit dem Jade-Weser-Port in Wilhelmshaven einen großen Tiefwasserhafen haben, wo viele Waren umgeschlagen werden könnten. Daher hätte man unserer Meinung nach auf die Elbvertiefung verzichten können. Darüber haben wir ab und zu gesprochen, aber das ist schon eine Zeit her.« Renken schnaubte. »Sie sollten sich lieber um die Leute kümmern, die meiner Frau damals Drohbriefe geschrieben haben!«

»Was für Drohbriefe?« Matthes' Stimme klang alarmiert.

Der Witwer verließ den Raum und kam wenig später mit einem Ordner zurück. Er nahm einige Blätter heraus und gab sie dem Kommissar.

»Gesa wollte sie wegwerfen, aber ich habe sie überredet, sie abzuheften.«

»Haben Sie das der Polizei gemeldet?«

Renken schüttelte den Kopf. »Gesa wollte das nicht. Sie meinte, damit würden wir die Leute zu ernst nehmen. Danach kam ja auch nichts mehr.«

In der Nachmittagssitzung stellte Matthes die Briefe vor. »Hört euch mal diesen an: ›An die Umweltschlampe! Wir brauchen die Elbvertiefung! Wenn du weiter dagegen hetzt, wird es dir schlecht gehen!‹ Die anderen klingen ganz ähnlich.«

»Wann wurden die verschickt?«

»Da steht kein Datum. Ich schätze, der hier ist schon mindestens ein Jahr alt. Denn so lange ist die Elbvertiefung beschlossene Sache.«

»Eben. Deshalb ist es unwahrscheinlich, dass jemand die Drohungen jetzt erst in die Tat umgesetzt hat.«

Britta Feindt war anderer Meinung. »Wenn jemand so richtig Wut gegen die Umweltaktivisten angesammelt hat, kann er schon mal durchdrehen. Vor allem, weil sich Gesa Renken noch mit einem anderen Thema befasst hat.«

»Geht es da nicht um die neue Autobahn, die von Stade nach Hamburg-Stillhorn führen soll?«, fragte Matthes.

Schuback meldete sich zu Wort. »Stimmt. Die A 26 sollte längst fertig sein, aber Naturschützer haben durch ihre Klagen immer wieder für Verzögerungen gesorgt. Ich glaube, daran war auch Gesa Renken beteiligt.«

Nachdenklich sah Matthes auf seine Aufzeichnungen. »Mit dem Ausbaggern der Elbe sowie dem Autobahnbau wird viel Geld verdient. Wenn sich die Umsetzung lange verzögert, kann das beteiligte Firmen in Bedrängnis bringen. Aber ist das ein Grund, jemanden zu ermorden?«

Schmidt nickte. »Klingt unwahrscheinlich. Vielleicht sollten wir aber doch überprüfen, wer durch die Aktivitäten der Umweltgruppen wirtschaftliche Einbußen hinnehmen musste.«

Beckmann berichtete, dass es ihr vor der Sitzung endlich gelungen war, alle ehemaligen Mitglieder des Ensembles der Freilichtbühne zu erreichen. Sie hatte mit ihnen einen Termin am nächsten Tag um 16 Uhr vereinbart.

»Nur wo sollen wir uns treffen? Sie schaffen es nicht, um diese Zeit nach Stade zu kommen.«

Schmidt versprach das zu klären. Nach der Sitzung kehrte sie in ihr Dienstzimmer zurück, atmete tief durch und rief mit beklommenem Herzen ihren ehemaligen Kollegen Peter Köster im Polizeikommissariat Osterholz an.

»Gisela, was für eine Überraschung! Ich habe ja lange nichts von dir gehört! Wie geht es dir in Stade?«

Sie glaubte, etwas Freude in seiner Stimme zu hören. Dafür klang sie etwas hölzern: »Ich bin hier ganz gut angekommen und gleich mit einem Tötungsdelikt beschäftigt. Das Opfer stammt aus eurer Gegend. Wäre es möglich, dass wir bei euch im Kommissariat eine Gruppe von Zeugen vernehmen?«

»Na klar, wann denn?«

Mittwoch, 22. Mai

Gisela Schmidt hatte Hanne Beckmann gebeten, sie zur Befragung zur begleiten. Die Kollegin saß am Steuer, konzentrierte sich auf den Verkehr und schwieg. Die MoKo-Leiterin konnte so ihren eigenen Gedanken nachhängen. Kurz vor Osterholz-Scharmbeck schien sie sich wieder an ihre Fahrerin zu erinnern. »Wie Sie ja wissen, war ich früher bei der Polizeiinspektion Verden/Osterholz als Leiterin der Mordkommission tätig. Aus dieser Zeit kenne ich auch Hauptkommissar Köster, der ebenfalls der MoKo angehörte.«

Köster erwartete die Stader Kolleginnen und umarmte Schmidt zur Begrüßung. Diese ließ es geschehen, zog sich aber gleich wieder zurück und stellte ihre Begleiterin vor. Beckmann spürte, dass zwischen beiden mehr als nur eine kollegiale Beziehung bestanden hatte.

Köster führte sie in ein Besprechungszimmer mit Blick auf einen Parkplatz. Schmidt sah die drei Freunde von Gesa Renken aus einem Auto steigen. Hans Geffken, der Fahrer, öffnete noch einmal die Tür und Nele Semken griff nach einem Kleidungsstück, das sie anscheinend vergessen hatte. Hinter ihr stand Peer Behrens und wartete. Als sie die Strickjacke umgehängt hatte, nahmen die Männer sie in die Mitte. Inzwischen war Beckmann zu Schmidt ans Fenster getreten und sah, wie die drei intensiv in ein Gespräch vertieft waren.

»Sie kommen also gemeinsam.«

»Und ich nehme mal an, die haben sich abgesprochen, was für eine Version sie uns von Gesa Renken liefern wollen. Als

Laienschauspieler haben sie ja einige Erfahrungen sich darzustellen.«

Schmidt lächelte. »Nun warten Sie erst mal ab. Ich bin aber auch gespannt, was wir von ihnen hören werden.«

Ein Polizeibeamter brachte die Vorgeladenen ins Besprechungszimmer. Schmidt wiederholte das Anliegen des Gesprächs. »Bitte berichten Sie, wie Sie Gesa Renken kennengelernt und in ihrer Schauspielzeit erlebt haben. Und in welcher Beziehung Sie zu ihr standen.«

Nele Semken schaute ihre Begleiter an, die unmerklich nickten. Sie begann: »Ich habe Ihren Kollegen ja bereits gesagt, dass Gesa gern gespielt und es geliebt hat, im Mittelpunkt zu stehen. Sie war dabei meistens gut gelaunt. Ich kam etwas später zur Truppe dazu, sie war schon länger dabei. Wir haben uns schnell angefreundet, uns auch außerhalb zum Feiern getroffen.«

»Wann war das etwa und wie alt waren Sie damals?«

Sie dachte einen Moment nach. »Das war im Frühjahr 1997. Ich war sechzehn, als ich dazukam, Gesa war ein Jahr älter.«

»Danke, Frau Semken.« Schmidts Blick fiel auf die beiden Männer. »Wie haben Sie denn Gesa Renken, damals noch Semken, erlebt?«

Hans Geffken räusperte sich. »Ich habe sie ebenfalls bei den Proben der Freilichtbühne kennengelernt. Dort habe ich erst in der Technik angefangen. Es hat etwas gedauert, bis ich mich getraut habe zu spielen. Mich hat Gesa gleich fasziniert. Sie war so lebendig und konnte alle mitreißen.«

Peer Behrens nickte. »Ja, so kannte ich sie auch. Dazu hatte sie noch Tiefgang und hat viel hinterfragt. Das fing schon bei der Auslegung ihrer Rolle an. Sie übernahm nicht einfach so die Anweisungen des Regisseurs, sondern hat viel mit ihm diskutiert. Letztlich hat sie ihre Rolle immer mitgestaltet. Das hat sich nicht jeder getraut.« Versonnen schaute er aus dem Fenster. »Ihr Mut und ihr Durchhaltewillen haben mir besonders an ihr gefallen.«

»Wie lange waren Sie denn ein Paar?«

»Drei Jahre. Nach dem Abitur hat Gesa in Hamburg studiert. Ich musste Zivildienst machen. Damals sahen wir uns immer seltener, und sie hat jemand anderen kennengelernt.«

Schmidt schaute in die Runde. »Kommen wir noch einmal auf Ihre gemeinsame Zeit bei der Freilichtbühne zurück. Sie haben uns bereits erzählt, dass Sie auch außerhalb der Proben einiges gemeinsam unternommen haben. Wo haben Sie sich denn getroffen?«

Nele Semken wechselte einen Blick mit ihren Begleitern. »Manchmal im Jugendzentrum, oft aber bei Gesa zuhause. Ihr Vater und ihr Bruder hatten in der Scheune einen großen Partyraum ausgebaut.«

Hans Geffken nickte. »Die Semkens waren sehr gastfreundlich. Wir haben immer alles mitgebracht, was wir zum Essen und Trinken brauchten, das waren tolle Feste.«

»Gab es denn noch mehr Gäste oder blieben sie meistens zu viert?«

Lächelnd schüttelte Nele Semken den Kopf. »Sie meinen wohl zu fünft, denn Sven war oft dabei. Auf die Weise sind wir zusammengekommen. Nein, es waren auch immer mal wieder andere Freunde dabei. Das war aber nicht so oft.«

Schmidt wandte sich an Hans Geffken. »Dann waren Sie ja das fünfte Rad am Wagen, wenn ich das mal so ausdrücken darf. Sie feierten als einzelner mit zwei Pärchen zusammen. Wie war das denn für Sie?«

Achselzuckend schaute der Angesprochene seine Begleiter an. »Für mich war das normal. Außerdem haben die vier auch nicht dauernd miteinander geturtelt. Wir hatten wirklich viel Spaß zusammen.«

Beckmann beugte sich vor. »Sie waren doch ebenfalls sehr beeindruckt von Gesa Renken. Waren Sie nicht in sie verliebt?«

Geffken errötete. »Na ja, ein bisschen. Aber ich war damals sehr schüchtern und hätte mich nie getraut, Gesa das zu zeigen. Ich war einfach froh, dabei sein zu dürfen.«

Heimlich tauschten Nele Semken und Peer Behrens einen Blick aus, ein Lächeln huschte über ihre Gesichter. Nele legte ihre Hand auf Geffkens Arm. »Das haben wir doch alle gewusst!«

Dieser zuckte zusammen und schaute sie entsetzt an. »Wirklich?«

»Wusste Gesa das auch?«, fragte Beckmann.

»Na klar. Aber sie hat uns gebeten, es Hans nicht zu zeigen. Um ihn nicht bloßzustellen.«

Für einen Moment herrschte betretenes Schweigen. Schmidt nahm dies zum Anlass, das Thema zu wechseln.

»Wie liefen denn die gemeinsamen Abende ab?«

Peer Behrens erinnerte sich. »Meistens haben wir gegrillt. Mein Onkel ist Schlachter, er hat mir oft ein paar Würstchen umsonst gegeben. Dazu haben wir ein, zwei Bier getrunken. Härteres nur, wenn die Eltern von Gesa und Sven nicht da waren. Sie meinten, dafür wären wir noch zu jung.«

Nele Semken lächelte. »Einmal kamen sie früher als erwartet von einer Einladung zurück. Da kreiste gerade noch die Schnapsflasche und wir waren schon ziemlich breit. Das gab vielleicht ein Donnerwetter!«

»Und einen Monat Scheunenverbot«, fügte Hans Geffken hinzu.

»Sie hatten anscheinend eine schöne Zeit. Was waren denn die Themen bei Ihren Festen? Worüber haben Sie sich unterhalten?« Gisela Schmidt sah die drei der Reihe nach an.

»Meistens ging es um die Freilichtbühne. Wir sind die Proben noch einmal durchgehechelt, haben vor allem über den Regisseur gelästert, manchmal auch über andere Mitspieler.« Nele Semken schaute fragend ihre Begleiter an. Peer Behrens nickte.

»Das kam schon vor. Aber meistens waren wir sehr ausgelassen, vor allem wenn eine Vorstellung gut gelaufen war.«

»Und wir haben dann doch heimlich eine Flasche Korn oder Wodka eingeschmuggelt.« Hans Geffken grinste. Er hatte sich anscheinend wieder gefangen. »Inzwischen wussten wir, was wir machen mussten, dass die alten Semkens nichts mitbekamen, selbst wenn sie mal unerwartet reinkamen.«

»Da waren Sie ja eine richtig eingeschworene Gemeinschaft.« Beckmann lächelte ebenfalls.

»Gab es denn noch andere Heimlichkeiten, die sie geteilt haben?«

Peer Behrens richtete sich auf. »Wie meinen Sie das?«

»Jugendliche hecken doch manchmal etwas miteinander aus. Gab es das bei Ihnen nicht?«

Nele Semken schüttelte den Kopf. »Dazu waren wir zu brav.«

Schmidt wechselte noch einmal das Thema.

»Ich möchte jetzt mit Ihnen über die jüngere Vergangenheit sprechen. Haben Sie sich denn immer noch getroffen, ab und zu?«

»Selten«, bedauerte Nele Semken. »Die ersten Jahre haben wir alle paar Monate versucht zusammenzukommen. Doch die Abstände wurden immer größer, unser letztes Treffen liegt schon über ein Jahr zurück.«

»Einzeln sind Sie ihr aber öfter begegnet. Wie haben Sie Gesa Renken in letzter Zeit erlebt? Hatte sie sich verändert?«

Peer Behrens schüttelte den Kopf. »Das letzte Mal hat sie erzählt, dass sie permanent überarbeitet ist, und sich über die mangelnde Unterstützung ihres Ehemannes beklagt. Aber das hatte ich Ihnen ja bereits gesagt.«

Nele Semken pflichtete ihm bei. »Sie ist insgesamt ernster geworden. Kein Wunder bei der Belastung, die sie tragen musste. Aber das war schon länger so.«

»Herr Geffken, hatten Sie denn noch Kontakt zu Gesa Renken?«

Der Angesprochene schüttelte den Kopf. »Nein. Wir hatten uns schon seit langem nicht mehr gesehen.«

Nachdem die Zeugen das Kommissariat verlassen hatten, setzten sich die Ermittlerinnen noch einmal zusammen.

»Das mit der eingeschworenen Gemeinschaft stimmt ja nicht so ganz.« Schmidt schüttelte den Kopf. »Hans Geffken hat mir richtig leid getan. Nicht genug, dass er heimlich in Gesa Renken verknallt war, die anderen haben es auch noch gewusst. Das hat er erst heute erfahren!«

»Ich kann mir nicht vorstellen, dass es ihm damals so wenig ausgemacht hat, fünftes Rad am Wagen zu sein.« Beckmann strich eine lockige Haarsträhne hinters Ohr. »Und wenn er noch immer in Gesa verliebt war, und sie umgebracht hat, weil sie seine Liebe nicht erwiderte?«

»Aber warum sollte er das jetzt nach so langer Zeit tun?« Die MoKo-Leiterin war nicht überzeugt. »Das Ganze liegt doch viele Jahre zurück.«

Die Oberkommissarin blieb aber bei ihrer Version. »Nehmen wir einmal an, er hat sich endlich getraut, ihr seine Liebe einzugestehen, und sie hat ihn zurückgewiesen. Und aus Wut hat er sie im Affekt erschlagen und ihre Leiche in der Apfelplantage abgelegt.«

»Er stammt aus dem Landkreis Osterholz. Was hatte der im Alten Land zu suchen?«

»Wenn er sie hier wiedergetroffen und sich erneut in sie verliebt hat, kann er sie besucht haben. Verliebte legen auch lange Wege zurück.«

Bevor die beiden Kriminalbeamtinnen die Dienststelle Osterholz-Scharmbeck verließen, meldeten sie sich noch einmal bei Hauptkommissar Köster, um sich zu verabschieden. Beckmann ging zum Parkplatz voraus, Köster und Schmidt blieben für einen Moment zurück.

»Es war schön dich zu sehen«, sagte er mit leiser Stimme. »Ich würde das gern privat wiederholen. Was meinst du?«

Sie zögerte. »Ich weiß nicht. Im Moment bin ich dabei, mich in Stade einzufinden. Ich melde mich, wenn ich soweit bin.«

*

Kurz nachdem Schmidt und Beckmann nach Osterholz-Scharmbeck aufgebrochen waren, hatte Matthes' Telefon geklingelt. Suse Gerdes war am Vortag von den Kanaren zurückgekehrt und hatte vom Tod ihrer Freundin erfahren. Die Hamburgerin wollte am späten Nachmittag nach Stade kommen, um den Ermittlern etwas Wichtiges mitzuteilen. Matthes rief seine Vorgesetzte an. Schmidt würde nicht rechtzeitig zurück in Stade sein, daher sollte er die Befragung zusammen mit Jan Lühs vornehmen.

Kurz nach 17 Uhr klopfte es an der Tür von Matthes' Dienstzimmer. Er erhob sich und Suse Gerdes trat ein. Mit ernstem Blick reichte sie den beiden Beamten die Hand. Die Männer waren beeindruckt von der attraktiven schlanken Frau mit den langen, blond gelockten Haaren. Trotz ihrer Sonnenbräune wirkte sie wenig erholt. Die Erschütterung über den Tod ihrer Freundin war ihr anzusehen. Den angebotenen Kaffee schlug sie dankend aus, entschied sich aber für ein Glas Wasser.

»Wann hatten Sie zuletzt Kontakt zu Ihrer Freundin?«

Suse Gerdes dachte kurz nach.

»Das war vor drei Wochen, eine Woche vor meinem Abflug nach Lanzarote. Wir haben uns in dem Bistro getroffen, in dem sie früher gearbeitet hat.«

»In welcher Verfassung war Gesa Renken zu der Zeit?«

Den Blick in das Wasserglas vertieft, suchte sie sich zu erinnern. »Wie so häufig wirkte sie müde und überarbeitet, gleichzeitig war sie aber auch gut gelaunt.«

Gerdes schaute auf. »Sie war sogar ein bisschen übermütig, so hatte ich sie schon lange nicht mehr erlebt.«

Lühs beugte sich vor. »Haben Sie sie gefragt, was los war?«

»Sicher. Aber sie meinte, das wäre ein Geheimnis. Sie wollte es erst später lüften.«

»Ein Geheimnis?«

»Ja, ich wollte natürlich noch mehr wissen, aber sie hat nichts weiter verraten. Da habe ich sie in Ruhe gelassen.« Suse Gerdes lächelte traurig. »Eigentlich war es mir wichtiger, dass es ihr besser ging. Das habe ich ihr auch gesagt.«

»Worüber haben Sie sich denn noch unterhalten?«

»Es ging wie immer um ihre Kinder und das Café. Und ich habe ihr von mir und meiner Arbeit in der Bank berichtet. Und von Bernd, meinem Freund.«

Der Blick der jungen Frau wirkte gequält. »Seit ich von Gesas Tod erfahren habe, geht mir dieses Geheimnis nicht mehr aus dem Kopf. Was kann das bloß gewesen sein? Ob es was mit ihrem Tod zu tun hat? Hätte ich doch nur genauer nachgefragt!«

Lühs' Stimme nahm einen beruhigenden Klang an. »Das hätte wohl nichts genützt. Wie Sie es geschildert haben, wollte Ihre Freundin ja noch nichts preisgeben. Haben Sie irgendeine Ahnung, was das gewesen sein könnte?«

»Ich weiß es nicht. Es muss etwas sein, dass ihr Leben verändert hat oder verändern würde. Sie hat so gestrahlt, das muss etwas sehr positives gewesen sein.« Die Frau schwieg einen Moment und dachte nach. »Vielleicht hat sie jemanden gefunden, der sich an ihrem Café beteiligen wollte? Sie hatte schon lange vergeblich danach gesucht und es wäre eine enorme Entlastung für sie gewesen. Allerdings hätte sie mir davon doch erzählen können …«

Sie holte tief Luft. »Oder sie hat sich neu verliebt!?«

»Das könnte allerdings stimmen, denn es gibt Anzeichen dafür. Und sie hat ihrem Mann am Tag ihres Todes gesagt, sie würde sich mit Ihnen treffen.«

Entsetzt schaute Suse Gerdes die Ermittler an. »Das wusste ich nicht. Es war auch nicht mit mir abgesprochen.« Sie schüttelte den Kopf. »Ich verstehe das nicht. Auch wenn sie sich oft über Ole beschwert hat, war er doch ihre große Liebe.« Seufzend fügte sie hinzu: »Was auch immer es war, Gesa klang so hoffnungsvoll. Und jetzt ist sie tot!«

Donnerstag, 23. Mai

»Wieder eine Wendung in dem Fall. Nur schade, dass Gesa Renken ihre Freundin mit dem Geheimnis im Unklaren gelassen hat.« Gerd Matthes schaute sich fragend in der Runde um. »Und wenn an der neuen Liebe etwas dran sein sollte, könnte das etwas mit dem Jugendfreund Peer Behrens zu tun haben?«

Die MoKo-Leiterin schien nicht überzeugt. »Den kannte sie doch schon lange. Wenn sie ein Verhältnis hatten, war das keine neue Liebe. Es sei denn, sie hätten sich entschieden, ihre Partner zu verlassen und sich zusammenzutun. Das kann ich mir bei den beiden aber nur schwer vorstellen. – Wie auch immer, es scheint eine wichtige Veränderung in ihr Leben getreten zu sein. Und diese könnte etwas mit ihrem Tod zu tun haben.«

Bernd Schuback räusperte sich. »Etwas ganz anderes: In dieser Woche habe ich mich mit ihren Aktivitäten in der Umweltinitiative befasst, die jemandem wirtschaftlichen Schaden zugefügt haben könnten. Das hatten wir doch am Montag besprochen, als es um die Drohbriefe ging. Ihr erinnert euch?«

Als alle nickten, fuhr er fort. »An der Elbvertiefung sind vor allem Hamburger Nassbaggerunternehmen beteiligt, die schon lange in den Startlöchern standen, um sich am Ausschreibungsverfahren zu beteiligen. Sie beklagen allein die Konkurrenz des Bundes, der einen großen Saugbagger in Auftrag gegeben hat. Da spielen die Umweltverbände längst keine Rolle mehr. Interessanter wird es beim Ausbau der A 26.

Die neue Autobahn wird vom Autobahnkreuz Kehdingen aus über Stade nach Hamburg-Stillhorn führen. Insgesamt gibt es sechs Bauabschnitte mit einigen Unterabschnitten, das ist ein richtiger Flickenteppich. Einige sind fertiggestellt, andere noch in der Planung oder bereits im Bau. Der Teilbauabschnitt 2c verläuft von der Este bis zur Anschlussstelle Buxtehude. Gesa Renkens Umweltinitiative hat gegen diesen Teilabschnitt geklagt, weil er durch das Naturschutzgebiet ›Moore bei Buxtehude‹ führen sollte. Sie bekam größtenteils Recht und so liegt nun die A 26 im Bereich der Anschlussstelle Buxtehude dreihundert Meter weiter nördlich als ursprünglich geplant, und damit zum größten Teil außerhalb des Vogelschutzgebietes. Die Anwohner sind aber nicht begeistert und einige sogar richtig sauer. Da könnte schon jemand viel Wut auf die Naturschützer entwickelt und Gesa Renken als ihre Repräsentantin ermordet haben.«

Schmidt runzelte die Stirn. »Ich weiß nicht, das scheint mir aber eher unwahrscheinlich. Doch es ist eine Spur, die Sie weiter verfolgen sollten. Überprüfen Sie bitte, wer in der Gruppe das Sagen hat.«

Matthes fuhr fort. »Wir wissen immer noch nicht, wessen Fingerabdrücke das im Auto der Toten sind. Und dann gibt es da noch die beiden Telefonnummern, die Gesa Renken mehrmals angerufen hat. Dieser Spur müssen wir jetzt unbedingt folgen.«

Eine Stunde später standen die beiden Hauptkommissare vor einem würfelförmigen Gebäude am Stadtrand von Stade. Matthes deutete auf das große Schild über der Eingangstür: Schulte Immobilien.

»Hier sind wir richtig.«

Eine schlanke Mitarbeiterin in Minirock und weißer Bluse führte sie in das Büro des Chefs. Der Makler erhob sich hinter seinem großen Glasschreibtisch und trat ihnen betont lässig mit ausgestreckter Hand entgegen. Sein Lächeln konnte seine Nervosität aber kaum verbergen. Aufgrund der grauen Schläfen und des hohen Haaransatzes schätzte Matthes ihn auf Ende Fünfzig. Das Jackett des teuren Maßanzugs spannte über dem kräftigem Bauch. Mark Schulte hatte in letzter Zeit wohl zugenommen. Der Makler bat die Ermittler, in einer Sitzgruppe unter einem überdimensionierten abstrakten Gemälde Platz zu nehmen und wies seine Mitarbeiterin an, ihnen Kaffee zu bringen.

»Was kann ich für Sie tun?«

Mehr als sonst spürte Schmidt Ärger in sich aufsteigen. Die floskelhafte Frage klang von oben herab und sollte wohl die Unsicherheit des Maklers kaschieren.

Matthes übernahm die Befragung. »Herr Schulte, wir wissen, dass Gesa Renken sie öfter angerufen hat. Sie wurde kürzlich tot aufgefunden. Wir gehen davon aus, dass sie ermordet worden ist und haben Ermittlungen aufgenommen. Derzeit befragen wir alle Personen, mit denen Frau Renken in letzter Zeit in Kontakt gestanden hat, um ihr persönliches und geschäftliches Umfeld aufzuhellen. Deshalb unsere Frage an Sie: In welcher Beziehung standen Sie zu ihr?«

Erschrocken sah der Makler die Kriminalkommissare an. Seine aufgesetzte Selbstsicherheit war deutlich geschrumpft.

»Wie schrecklich! Dann ist sie die Tote im Apfelgarten, über die vor kurzem in der Zeitung berichtet worden ist?« Er rang nach Fassung. Nach einer kurzen Pause fuhr er fort: »Ich bin meinen Kunden gegenüber eigentlich zur Verschwiegenheit verpflichtet. Aber jetzt, wo Frau Renken tot ist, muss ich Ihnen wohl Auskunft geben.«

Matthes nickte.

Schulte atmete tief durch. »Frau Renken hat mich beauftragt, im Alten Land nach einer Immobilie zu suchen, die für die Einrichtung eines Hotels geeignet wäre. Im gleichen Zug sollten wir das Haus verkaufen, in dem sie ihr Café hat.«

Überrascht schauten die Ermittler Schulte an. »Hat sie allein mit Ihnen verhandelt?«, fragte Schmidt.

Der Makler bestätigte dies. »Ich vermute aber, dass Sie das Unternehmen mit jemand anderem aufziehen wollte. Sie hat aber keinen Namen genannt.«

»Wie kommen Sie darauf?«

»Mehrfach sprach sie von ›wir‹, als sie von ihren Umbauplänen geschwärmt hat. ›Hier könnten wir die Rezeption einrichten‹, zum Beispiel. Ich habe aber nicht weiter gefragt, da sie die Immobilie allein erwerben wollte.«

»Hatten Sie schon ein geeignetes Anwesen gefunden?«

Schulte schluckte. »Ja. Wir waren sogar kurz vor dem Abschluss. Allerdings fand sich noch kein Käufer für ihr Haus mit dem Café. Frau Renken hat sich trotzdem um die Finanzierung kümmern wollen, sich aber nicht wieder gemeldet. Jetzt weiß ich, warum.«

Niedergeschlagen schaute der Makler zu Boden.

»Haben Sie nicht versucht, sie zu erreichen?«

»Nein. Frau Renken hat mich gebeten, sie auf keinen Fall anzurufen. Sie wollte Kauf und Verkauf mit äußerster Diskretion abwickeln.«

»Können Sie uns den Standort des Objekts nennen?«

Schulte runzelte die Stirn. »Bin ich dazu verpflichtet? Ja? Ich habe eine Bitte: Behandeln Sie das Ganze unbedingt vertraulich.«

Als die Ermittler vor dem dreistöckigen Altländer Bauernhaus ausstiegen, hielten sie einen Moment inne und schauten staunend auf das prachtvolle Gebäude mit den kunstvoll geschnitzten, weiß gestrichenen Eichenbalken und den in verschiedenen Mustern ausgemauerten Fächern. Im Vorgarten blühten Rhododendren in vielen Rot-, Lila- und Rosatönen.

Sie schlossen die Tür auf und gingen durch das Gebäude. Die leeren Räume mit den Holzfußböden hallten unter ihren Schritten. Von der großen Diele ging eine Reihe von Zimmern ab, im hinteren Teil befand sich eine Küche. Die Treppe führte in die zwei oberen Stockwerke hinauf, in dem sich weitere Zimmer in unterschiedlichen Größen befanden.

Schmidt versuchte sich vorzustellen, wie Gesa Renken die einzelnen Räume erkundet und ihre zukünftige Nutzung geplant hatte. Matthes schien ähnlichen Gedanken zu folgen.

»Laut Plan war dies schon ein kleines Hotel mit fünfzehn Zimmern. So wie ich den Makler verstanden habe, wollte Gesa Renken es modernisieren und alle Zimmer mit Bädern ausstatten.«

Die MoKo-Leiterin lächelte versonnen. »Das ist ein Haus mit einer besonderen Atmosphäre. Ich kann gut verstehen, warum sie von dem Anwesen so fasziniert war.«

»Allein hätte sie das nie umsetzen können, schon wegen der Kosten, die mit der Renovierung und der Einrichtung verbunden gewesen wären! Wie hätte sie Kauf und Umbau finanzieren wollen? Da stellt sich die Frage: Mit wem hat sie das alles geplant? Mit ihrem Mann sicher nicht. Der wusste anscheinend gar nichts davon.«

»Daher auch die Verpflichtung des Maklers zur Diskretion. Noch sollte niemand von ihren Plänen erfahren.«

Schmidt dachte nach. »Sie war ja sogar bereit ihr Café aufzugeben. Ein Hotel würde noch viel mehr Arbeit machen, aber sie hätte sie mit jemand geteilt.«

»Ein Mann, in den sie vielleicht verliebt war. Das würde zu dem Geheimnis passen, von dem die Freundin erzählt hat.« Matthes lächelte. »Vielleicht ist das ja der Hamburger Gastronom Hinnerk Brandt, mit dem sie öfter telefoniert hat. Den haben wir bisher nicht erreicht, aber eine unserer Mitarbeiterinnen hat ihm bereits auf die Mailbox gesprochen, dass er sich bei uns melden soll.«

Zurück in der Stader Polizeiinspektion erfuhren die beiden Ermittler, dass sich Brandt inzwischen gemeldet hatte. Er war für einige Tage segeln gewesen und erst am Vormittag nach Hause gekommen. Matthes rief ihn zurück und vereinbarte ein Treffen in seinem Restaurant um 15 Uhr. Als der Hauptkommissar auflegte, grinste er. »Stellen Sie sich vor, er hat uns sogar zum Essen eingeladen. Eine Kleinigkeit würde es sicher noch geben – meinte er.«

Matthes und Schmidt hatten Glück. Obwohl die Straßen sehr voll waren, kamen sie gut durch und erreichten pünktlich das Restaurant in Eppendorf. Es brauchte allerdings eine Weile, bis sie einen Parkplatz gefunden hatten. Im Restaurant waren nur zwei Tische besetzt.

Die Kellnerin überließ ihnen die Wahl des Platzes und holte den Besitzer. Hinnerk Brandt hatte ordentlich Farbe bekommen. Matthes vermutete, dass sein Segeltörn in südlichen Gefilden stattgefunden hatte. Gut gelaunt begrüßte der Gastronom die Ermittler.

»Ich bin ja sehr gespannt, was sie zu mir führt.«

Als Matthes ihn nach seiner Verbindung zu Gesa Renken fragte, gab Brandt bereitwillig Auskunft.

Sie hatte früher in einem seiner Bistros gearbeitet. »Eine hervorragende Kraft. Sie war mit Herz und Seele dabei, und ich habe es sehr bedauert, als sie ins Alte Land gezogen ist. Warum fragen Sie?«

Seine gute Laune verflog sofort, als er von ihrem gewaltsamen Tod hörte. »Oh nein! Sie war doch so eine besondere Frau, wurde von allen gemocht.« Erschüttert schüttelte er immer wieder den Kopf. »Ich kann gar nicht glauben, dass sie jetzt tot ist!«

»Was war denn der Grund für Ihr letztes Telefonat?«, fragte Gisela Schmidt.

»Sie wollte meinen Rat bei der Einrichtung eines Hotels. Ich habe mich noch gewundert, dass sie vorhatte, ihr Café aufzugeben.« Schon beim Ausbau des Cafés hatte er sie unterstützt. »Sie hat wirklich etwas daraus gemacht. Und es lief ja wohl auch richtig gut.«

»Haben Sie Frau Renken danach gefragt?«

»Ja sicher. Sie meinte nur, dass sie das Hotel mit jemandem plant, dem sie sehr vertraut. Den Namen hat sie mir aber nicht verraten. Weil ich früher Hotelier war und mich mit der Thematik auskenne, wollte sie mir die Pläne des Hauses schicken und meine Meinung hören. Aber ich habe nichts von ihr erhalten. Dann war ich unterwegs.«

»Haben Sie eine Idee, mit wem sie sich zusammentun wollte?«

»Nein, überhaupt nicht.«

Das Spargelschaumsüppchen und das Lachstatar schmeckten vorzüglich. Nach dem Essen bedankten sich die Ermittler für die Auskunftsbereitschaft bei Hinnerk Brandt. Es machte ihnen allerdings einige Mühe, den Wirt dazu zu bewegen, eine Rechnung für das Essen auszustellen und das Geld entgegenzunehmen.

Auf der Rückfahrt ließen sie die Befragung noch einmal Revue passieren.

»Schade, dass er nicht der Partner war, mit dem Gesa Renken ihr Hotel einrichten wollte.«

Matthes nickte. »Das wäre auch zu schön gewesen. Jetzt müssen wir doch noch nach dem Unbekannten suchen.« Er zögerte einen Moment. »Und wenn er es doch war und uns die Unwahrheit gesagt hat? Den richtigen Beruf hatte er ja und sie waren miteinander vertraut.«

Doch Schmidt schien nicht überzeugt. »Dafür hat er zu überrascht reagiert. Und er wirkt auch nicht wie der Liebhaber unseres Opfers. Wenn er es dennoch war, ist er ein sehr guter Schauspieler.«

Schweigend fuhren sie durch den Elbtunnel. Als sie den Hafen mit den zahllosen Containerbrücken und endlosen Reihen gestapelter Container passierten, erinnerte sich Schmidt an ihre Fahrt mit Peter Köster nach Hamburg, auf der sie in einem früheren Fall auf der Suche nach dem Mörder eines Seemanns in die HafenCity gefahren waren. Dort hatten sie den leitenden Angestellten einer Reederei vernommen. Es gelang ihr, den Gedanken beiseite zu schieben und wandte sich an ihren Kollegen.

»Wenn ich mich richtig erinnere, arbeiten Sie schon fünfzehn Jahre in der Polizeiinspektion Stade?«

Auch er schien eigenen Gedanken nachgehangen zu sein. Überrascht schaute er sie von der Seite an, konzentrierte sich aber schnell wieder auf den dichten Straßenverkehr.

»Richtig. Warum möchten Sie das so genau wissen?«

Seine Vorgesetzte räusperte sich. »Und wie ich gehört habe, hatten Sie sich auch auf die Leitung des FK 1 beworben. Nach der langen Zugehörigkeit hätte Ihnen eigentlich die Stelle zugestanden. Da war es sicher nicht leicht für Sie, dass ich nun hier bin?«

Matthes runzelte die Stirn. »Seltsam, dass Sie mich das fragen. Aber Sie haben Recht, ich war mir sicher, dass ich der Nachfolger des scheidenden Kollegen Müller sein würde. Und ich war ziemlich enttäuscht, dass die Wahl anders ausgefallen ist. Aber ich kann sie nachvollziehen und akzeptieren: Sie hatten die Position bereits in Verden inne und sich dort bewährt, also die besten Voraussetzungen für die Besetzung der Leitung.«

Schmidt schloss die Augen und versuchte sich vorzustellen, wie es ihr ergangen wäre, wenn man ihr in Verden vor zehn Jahren nicht die Leitung übertragen hätte.

»Es tut mir leid. Ich habe nicht gewusst, dass Sie sich bereits beworben hatten.«

»Sind Sie wirklich so naiv?« Matthes Stimme klang ärgerlich. »Es gibt immer interne Bewerber!«

Bedauernd zuckte Schmidt mit den Schultern. »Sie haben Recht. Als ich die Ausschreibung las, habe ich nur darüber nachgedacht, was ein Wechsel nach Stade für mich bedeuten würde. Erst als ich von Ihrer Bewerbung erfahren und Sie und die Kolleginnen kennengelernt habe, wurde mir bewusst, dass Sie die Nachfolge am liebsten intern gelöst gesehen hätten. Und ich kann mir auch gut vorstellen, dass Sie ein guter Leiter des FK 1 und der Mordkommission geworden wären.«

Matthes ließ ihre Worte einen Moment auf sich wirken.

»Danke für Ihre Einschätzung und Ihre Ehrlichkeit. Ob mich alle Kollegen gern als Leiter gehabt hätten, möchte ich allerdings bezweifeln. Und letztlich wäre es für mich schlimmer gewesen, wenn es jemand aus Stade geworden wäre.«

Er machte eine kleine Pause, bis er verhalten lächelnd Schmidt kurz anschaute. »Kollegen von außerhalb können ja auch neue Impulse in die Arbeit bringen. Nach der ersten Enttäuschung habe ich jetzt den Eindruck, dass es mit unserer Zusammenarbeit ganz gut klappt.«

Sie nickte erleichtert. »Das sehe ich auch so.«

Freitag, 24. Mai

Der Wetterbericht versprach einen heißen Frühsommertag, der am Abend in ein Gewitter münden sollte. Gisela Schmidt machte sich heute mit dem Rad auf den Weg ins Kommissariat. Eine halbe Stunde später waren ihre Mitarbeiter im Besprechungszimmer versammelt und hörten sich aufmerksam Gerd Matthes' Bericht von den Vernehmungen des Maklers und des Gastronomen an.

»Unser Opfer hatte große Pläne.« Nachdenklich schaute die Leiterin der MoKo in die Runde. »Dabei klang es doch so, als hätte sie die Arbeit im Café bereits überfordert.«

»Na ja, Liebe verleiht bekanntlich Flügel.« Jan Lühs grinste, wurde aber gleich wieder ernst.

»Dann muss das schon ein besonderer Mann sein, den sie da kennengelernt hat.«

Schmidt legte die Stirn in Falten. »Wir wissen nur, dass sie das Hotel nicht allein leiten wollte. Dabei muss es sich nicht um einen neuen Liebhaber gehandelt haben, es könnte auch ein guter Freund gewesen sein.«

»Und wenn es doch der Jugendfreund Peer Behrens war?« Britta Feindt mochte den Gedanken an ihn nicht loslassen.

Lächelnd schüttelte Schmidt den Kopf. »Ihr Lieblingsverdächtiger? Ich glaube kaum, zumal er als Informatiker in einer anderen Branche tätig ist.«

Nach einer kurzen Pause fuhr sie fort: »Das bringt mich aber auf einen anderen Gedanken: Was ist, wenn der Partner für das Hotelprojekt aus ihrem Bekannten- oder Freundeskreis stammt? Wir sollten noch einmal ihre Verwandten und Freunde befragen, ob es jemanden gibt, der sich im weitesten Sinne im Hotelgewerbe auskennt.«

»Und Sie meinen, derjenige hat etwas mit dem Tod von Gesa Renken zu tun?«, fragte Hanne Beckmann.

»Nein. Selbst wenn er eine Beziehung zu ihr eingegangen ist, ergibt sich daraus nicht zwingend ein Motiv für ein Tötungsdelikt. Warum auch? Die beiden haben ihre Zukunft geplant. Es sei denn, es gab eine Auseinandersetzung, die zu der Tat führte. Aber das ist reine Spekulation. Wie auch immer, ich schätze, dass sich die beiden für den Tag verabredet hatten, an dem Frau Renken ermordet wurde. Damit wäre die Person ein wichtiger Zeuge.«

Beckmann und Schuback übernahmen die Terminplanung. Dieses Mal fuhren Schmidt und Matthes zur Familie und den Freunden im Landkreis Osterholz. Am späten Nachmittag machten sie sich auf den Weg zu Nele und Sven Semken nach St. Jürgen.

In Osterholz-Scharmbeck fuhren sie am Amtsgericht vorbei und passierten kurz darauf die kleine Straße, die zu Peter Kösters

Haus führte. Schmidt versetzte der Gedanke einen kleinen Stich. Sie wusste, wo sich das Holzhaus befand, war aber nie dort gewesen. Auf Google Maps hatte sie es sich öfter angesehen, war doch Kösters Umzug der Auslöser für ihre Trennung gewesen. Er hatte sich für dieses Haus entschieden, ohne sich mit ihr darüber auszutauschen, und damit ihr wiederholtes Angebot, zu ihr nach Verden zu ziehen, wortlos zurückgewiesen. Kurz dachte sie an ihre letzte Begegnung mit Peter vor drei Tagen. Und an sein Lächeln, mit dem er sie verabschiedet und zu einem baldigen Treffen eingeladen hatte. Schon wieder führten sie die Ermittlungen in seine Nähe. Wenn sie allein zur Vernehmung nach St. Jürgen gefahren wäre, hätte sie ihn anschließend sehen wollen? Sie war sich nicht sicher und letztlich froh, dass Matthes sie begleitete und sie gemeinsam zurückfahren würden. Damit musste sie diese Entscheidung nicht treffen.

Da Hanne Semken weiterhin für den Haushalt und die Kinder ihrer Tochter in Moorende sorgte, war Jörg Semken zum Gespräch in das Haus seines Sohnes und der Schwiegertochter gekommen. Matthes fragte ohne Umschweife nach einer Verbindung zu jemandem aus der Hotelbranche, doch die Semkens sahen ihn nur ratlos an. Dann erinnerte sich der Bruder. »Nach dem Abi hat sie eine Zeit lang im Hotel Post in Worpswede gejobbt. Damit hatte sie sich das Geld für das Interrailticket verdient und ging dann mit ihren Freunden auf große Fahrt durch Europa. Weißt du noch, Nele?« Er schaute seine Frau fragend an.

Sie nickte zustimmend. »Ich war erst ein Jahr später mit dem Abi dran. Deswegen war ich bei der Fahrt nicht dabei. Ab der

Saison hat Gesa auch nicht mehr bei der Freilichtbühne mitgespielt, unsere Gruppe hat sich aber weiterhin getroffen. Gesa war an den Abenden mit dabei, wenn sie nicht arbeiten musste. Sie hat gern erzählt, was sie im Hotel alles gemacht hat, die Betten bezogen und die Zimmer geputzt. Am liebsten hat sie beim Frühstück bedient, denn da konnte sie mit den Gästen ins Gespräch kommen. Es gab wohl auch welche, die schon viel von der Welt gesehen hatten und sehr an Kunst interessiert waren. Damals meinte sie, sie könne sich auch vorstellen, später einmal in der Touristik oder im Hotelgewerbe zu arbeiten. Dann hat sie sich aber doch entschieden, Betriebswirtschaft zu studieren.«

Jörg Semkens Stimme klang zögerlich. »Wo ihr das erzählt, erinnere ich mich auch wieder. Ich hab mich damals nur gewundert, dass sie für andere Leute sauber gemacht hat, ihr eigenes Zimmer aber kaum in Ordnung hielt. Und an die große Reise. Sie hat uns einige Karten von unterwegs geschrieben.«

Ihre Schulfreundin, Julia Wohlers, war nach der Reifeprüfung mit Gesa Renken durch Europa gereist, und berichtete ebenfalls von deren Faible für das Hotelgewerbe. Während des Studiums in Hamburg, hatte sie später in den Semesterferien noch öfter in Hotels gejobbt. Die Namen der Häuser wusste sie aber nicht mehr.

Auch Peer Behrens konnte sich an die Arbeit seiner damaligen Freundin in dem Worpsweder Hotel erinnern, für ihn wäre diese Tätigkeit aber nie infrage gekommen. Er hatte lieber im Büro des Autohauses seines Onkels gejobbt. Behrens konnte nichts zu den Ferienbeschäftigungen in Hamburg sagen. Seit

Gesa in Hamburg studierte, hatten sie sich nur noch selten gesehen und waren schließlich getrennte Wege gegangen.

Hans Geffken hatte ebenfalls nichts Neues beizutragen. Dafür war der Cousine, Nadine Murken, eingefallen, dass Gesa und sie mit einem gewissen Malte in der Tanzstunde gewesen waren, dessen Großeltern ebenfalls einen Übernachtungsbetrieb in Worpswede geführt hatten. Seinen Nachnamen wusste sie aber nicht mehr.

Es war spät, als Gisela Schmidt in ihre Wohnung zurückkehrte. Sie strich sich ein Butterbrot und nahm ihr Abendessen am Tisch im Wohnzimmer ein. Sie schaute dabei in die Tageszeitung. Kurz bevor sie aufgegessen hatte, meldete sich Katrin bei ihr. Die Stimme ihrer Tochter klang aufgeregt. »Hallo Mama! Du glaubst nicht, wer sich bei mir gemeldet hat!«

»Dein Vater?«

»Nein, mit dem bin ich ja immer mal wieder in Kontakt. Nein, Onkel Richard, dein Bruder!«

Gisela zuckte zusammen. »Was wollte der denn von dir?«

»Stell dir vor, er ist wieder zurück in Deutschland! Er ist wohl ziemlich krank und konnte auf Mallorca nicht mehr behandelt werden. Die letzten Tage hat er seine Freundin Gerda in Oyten bei Bremen besucht und war heute zu einer Untersuchung im Uniklinikum in Eppendorf. Richard hat Papa über das Telefonbuch in Verden ausfindig gemacht und länger mit ihm gesprochen. Papa hat ihm erzählt, dass ich in Hamburg studiere, und ihm meine Adresse gegeben. Am Nachmittag stand er plötzlich vor unserer Tür. Ich habe ihn ja zum ersten Mal gesehen, dein

Bruder ist ein richtiger Hippie, braungebrannt und mit langem Pferdeschwanz, richtig cool. Wir haben Tee getrunken und er hat viel von seinem Leben auf Mallorca erzählt. Meine Mitbewohner waren auch ganz begeistert! Er wird sich bald auch bei dir melden.«

Katrin machte eine Pause und stellte fest, dass ihre Mutter schwieg.

»Freust du dich denn gar nicht? Ihr habt euch doch so lange nicht gesehen.«

»Doch doch, aber ich muss die Nachricht erst einmal verdauen.«

Samstag, 25. Mai

Nach dem Frühstück machte sich Gisela Schmidt auf den Weg zum Wochenmarkt, um an einem der Gemüsestände für das Wochenende einzukaufen. Gerade als sie bezahlen wollte, klingelte ihr Handy. Sie ignorierte es und wartete auf das Wechselgeld. Wenig später klingelte es wieder.

»Hallo Gisela! Ich bin's, Richard. Du weißt sicher schon von Katrin, dass ich wieder im Land bin.«

Gisela schluckte. Ihre Stimme klang distanziert. »Hallo Richard.«

Sie setzte sich auf eine leere Bank und hörte ihm zu. Eine halbe Stunde später wusste sie, wie er die letzten zwanzig Jahre verbracht hatte (auf einer Finca in den Bergen, auf der er mehr schlecht als recht vom Verkauf seiner Bilder leben konnte) und kannte seine Krankengeschichte (Prostatakarzinom) sowie die erforderliche Behandlung, die vor allem in Hamburg erfolgen sollte. Dort hatte er bereits eine günstige Unterkunft gefunden.

»Ich möchte dich so schnell wie möglich wiedersehen. Stade ist doch ganz in der Nähe. Was hältst du davon, wenn ich dich heute oder morgen besuchen komme?«

»Das geht leider nicht. Ich bin mitten in den Ermittlungen zu einem schwierigen Fall.«

Gisela war froh, die Ausrede gefunden zu haben, brauchte sie doch erst einmal Zeit, das überraschende Auftauchen ihres Bruders zu verarbeiten.

Sonntag, 26. Mai

Wieder stand Jenny vor der Tür. Sie war anscheinend erneut von zuhause ausgerissen. Gerd Matthes kochte einen Tee und setzte sich ihr gegenüber auf die Terrasse.

»Worüber habt ihr euch denn dieses Mal gestritten?«

»Mama hat sich dermaßen aufgeregt, nur weil ich einen Tag nicht in der Schule war.«

»Warum bist du denn nicht hingegangen?«

»Weil wir eine Arbeit schreiben sollten, auf die ich keinen Bock hatte.«

»Damit meinst du, dass du dich nicht darauf vorbereitet hast.«

»Stimmt. Ist ein Thema, das mir einfach nicht liegt. – Aber du fragst schon wie sie.«

Schmollend schaute sie zu Boden.

Gerd atmete tief durch. »Ich will ja nur wissen, warum du gekommen bist. Und was du von mir willst?«

»Keine Ahnung. Vielleicht jemanden finden, der mich besser versteht und nicht immer meckert.«

Er lächelte verhalten. »Um dich besser zu verstehen, muss ich auch Fragen stellen.«

Sie nickte, pustete in die heiße Flüssigkeit und trank vorsichtig einen Schluck.

»Was ist denn überhaupt mit der Schule? Willst du denn hingehen und einen Abschluss machen oder hast du etwas anderes vor?«

»Eigentlich habe ich keine Lust mehr auf Schule. Auf eine Ausbildung habe ich aber auch keinen Bock.«

»Grundsätzlich oder weil du nicht weißt, was du machen sollst?«

»Ich glaube beides. Oder eher das zweite. Deswegen war ich mit Mama auch bei der Berufsberatung. Das hat aber auch nichts gebracht. Die haben mir nur gesagt, ich soll erst mal die Schule fertig machen, damit ich überhaupt eine Chance habe, eine Lehrstelle zu finden.«

»Wie stellst du dir dein zukünftiges Leben denn vor?«

Verträumt schaute sie in die Ferne. »Mit Freunden abhängen. Am besten mit ihnen zusammen wohnen, ein paar Hunde und Katzen wären auch dabei.«

»Und wovon würdet ihr leben?«

»Ab und zu ein bisschen jobben. Viel bräuchten wir nicht. In einem besetzten Haus müssten wir keine Miete zahlen.«

»Wo würdest du denn am liebsten jobben?«

»In einer Kneipe bedienen oder in einem Supermarkt Regale einräumen, bei Umzügen helfen, Tiere oder Kinder sitten.«

»Das ist doch schon was. Und was davon am liebsten?«

Jenny dachte nach. »Ist eigentlich egal. Na ja, das mit den Kindern oder Tieren wäre nicht schlecht.«

»Dann fang doch damit an, an den Nachmittagen, wenn du schulfrei hast. Suche dir einen Job oder einen Praktikumsplatz.«

Erstaunt schaute sie ihn an. »Ich allein?«

»Warum denn nicht? Du schaffst es doch auch, allein herzukommen. Von Hamburg nach Stade ist ja nicht gerade um die Ecke.«

Nachdenklich krauste sie die Stirn. »Ich werde darüber nachdenken.«

Er nickte. »Und jetzt werde ich deine Mutter anrufen. Sie macht sich sicher schon Sorgen.«

Montag, 27. Mai

Nach der Morgenbesprechung zog Bernd Schuback Erkundigungen über das von Nadine Murken erwähnte Worpsweder Hotel ein, in dem Gesa Renken früher gejobbt hatte. Es befand sich seit mehr als dreißig Jahren im Besitz der Familie Lüders, die es aber schon seit längerem an einen Bremer verpachtet hatte. Dieser gab ihm die Adresse und Telefonnummer von Helga Lüders, mit der sich Gisela Schmidt umgehend für den Nachmittag verabredete.

Die alte Dame lebte inzwischen in einem Worpsweder Seniorenheim. Dort erwartete sie die MoKo-Leiterin in ihrem Zimmer und freute sich über den Besuch. Sie saß aufrecht in einem mit dunkelrotem Samt bezogenen Ohrensessel, die wachen, lebendigen Augen auf ihren Gast gerichtet. Während des Gesprächs schaute sich Schmidt verstohlen im Raum um. Nur der Einbauschrank und das Pflegebett schienen zur Standardeinrichtung zu gehören. Der Sessel, eine Anrichte, versehen mit einer Spitzendecke, ein Bücherregal sowie eine Stehlampe hatte die Seniorin wohl mitgebracht. Viele Familienbilder und mehrere Gemälde schmückten die Wände.

Helga Lüders konnte sich erst an Gesa Renken erinnern, als Schmidt ihr ein Foto zeigte. »Wir hatten öfter mal Aushilfen beschäftigt. Lange war sie wohl auch nicht bei uns. Ich glaube, sie machte ihre Arbeit ganz ordentlich.«

Sie selbst hatte keine Kinder, dafür wäre der Hannes, der Sohn ihres inzwischen verstorbenen Ehemannes aus dessen erster Ehe, bei ihnen aufgewachsen. Dieser wollte das Hotel aber nicht übernehmen, er hatte sich für ein Studium der Erziehungswissenschaften entschieden und später eine Lehrerstelle in Gnarrenburg angetreten, dort auch geheiratet. Sein Sohn Malte war aber häufig bei den Großeltern in Worpswede zu Besuch gewesen und hatte auch gern im Service mitgeholfen. Es konnte durchaus sein, dass er und Gesa zur selben Zeit dagewesen waren. Das Hotel hatte er aber ebenso wie sein Vater nicht übernehmen wollen.

»Wir waren doch ziemlich enttäuscht, weil er sich erst so in unserem Betrieb engagiert hatte. Soviel ich weiß, arbeitet Malte heute als Lehrer und lebt mit seiner Familie in Bremervörde.«

Nach dem Gespräch saß Gisela Schmidt noch einen Moment unschlüssig in ihrem Auto. Der Blick auf die Hauptstraße erinnerte sie an frühere Besuche in Worpswede und gemeinsame Spaziergänge mit Peter Köster über den Weyerberg und entlang der Hamme. Sie war jetzt ganz in seiner Nähe und allein unterwegs. Sollte sie sich bei ihm melden? Bei ihrer letzten Begegnung hatte er sie dazu eingeladen. Nur, war ihm ihr Anruf willkommen? Sie entschied sich dagegen und machte sich auf den Heimweg.

Der bedeckte Himmel passte zu ihrer Stimmung. Je näher sie der alten Hansestadt kam, desto missmutiger wurde sie. Sie sehnte sich nach ihrem kleinen Haus an der Aller und nach den vertrauten Kollegen ihrer alten Dienststelle. Auch wenn sie inzwischen besser mit Matthes zurecht kam, fühlte sie sich in der eingeschworenen Runde immer noch als Fremdkörper. Würde sie den Fall in dem neuen Wirkungsbereich überhaupt lösen können? Aber es gab keinen Weg zurück. Sie musste die trüben Gedanken beiseite schieben.

Dienstag, 28. Mai

In der Morgenbesprechung informierte Gisela Schmidt die Mitglieder der MoKo über das Gespräch mit Helga Lüders. Britta Feindt nahm Haltung an. »Ja, das ist es doch! Malte Lüders könnte der Partner von Gesa Renken sein! Die kennen sich schon seit ihrer Jugend und haben beide gern im Hotel gearbeitet! Was, wenn sie sich irgendwo wiedergetroffen haben und es hat gefunkt? Und schwuppdiwupp machen sie Pläne für eine neue, gemeinsame Zukunft!«

Gerd Matthes lächelte. »Na, na. Nun mal langsam. Malte Lüders hatte sich damals dagegen entschieden, das Hotel der

Großeltern zu übernehmen. Er hat Familie und eine sichere Arbeit. Warum sollte er plötzlich seine Meinung ändern und so ein Risiko eingehen? Ein altes Hotel zu kaufen und aufwendig zu renovieren? Das ist keine Kleinigkeit!«

Die MoKo-Leiterin nickte. »Dennoch müssen wir ihn umgehend befragen.«

Kurz nach der Mittagspause erreichte Bernd Schuback den Lehrer und kündigte den Besuch seiner Kollegen an. Schmidt und Matthes machten sich auf den Weg nach Bremervörde. In einem Neubaugebiet am Waldrand hielten sie vor einem hellen Holzhaus. Ein etwa dreijähriger Junge öffnete die Tür und schaute die Besucher mit großen Augen an. Der Hauptkommissar beugte sich zu ihm herunter. »Können wir mal deinen Vater sprechen?«

Der Kleine nickte, rannte zurück ins Haus und rief laut: »Papa!«

Wenig später erschien ein großer, schlanker Mann auf der Schwelle und reichte den Ermittlern seine Hand. »Seit Thore an die Klinke kommt, ist er immer der Erste an der Haustür.«

Schmidt musterte Malte Lüders, der mit seinen kurzen blonden Haaren und dem Vollbart gut zum Stil des Hauses passte. Er bat sie herein, verschwand mit seinem Sohn kurz in der Küche und führte danach die Ermittler in sein Arbeitszimmer im ersten Stock. »Meine Frau kocht gerade und die Kinder helfen ihr dabei. Na ja, wenn man das helfen nennen kann.« Er lächelte kurz und deutete auf den Raum.

»Das ist mein Reich. Hier haben wir mehr Ruhe.«

Die Regale und der Schreibtisch schienen dem Ikea-Katalog entsprungen zu sein, befand die Ermittlerin für sich und lächelte verstohlen.

Sie überließ es Matthes, das Gespräch zu führen, und achtete stattdessen auf die Stimmung und das Verhalten des Lehrers.

»Ihre Großmutter in Worpsweder hat uns Ihren Namen genannt.«

»Stiefgroßmutter«, murmelte Lüders. Schmidt nahm wahr, wie er seine Hände an die Oberschenkel presste.

»Was möchten Sie denn von mir?«

»Kennen Sie Gesa Renken? Früher hieß sie Gesa Semken.«

Der Angesprochene schüttelte den Kopf. »Nein, wer soll das denn sein?«

»Gesa Renken arbeitete 2001 für drei Monate im Hotel Ihrer Großeltern. Wie wir erfahren haben, sind Sie in der Zeit auch öfter dort gewesen und haben ausgeholfen. Da müssten Sie ihr eigentlich begegnet sein.«

Die MoKo-Leiterin holte Gesas Foto aus der Tasche. Nachdem der Lehrer einen kurzen Blick darauf geworfen hatte, runzelte er die Stirn. »Es kann sein, dass ich sie dort gesehen habe. Aber genau kann ich mich nicht mehr erinnern. Ist ja auch schon ewig her.«

Schmidts Stimme klang scharf. »Das wundert mich aber sehr, denn sie haben sogar die Tanzschule zusammen besucht.«

Lüders schüttelte ungläubig den Kopf. »Wie kommen Sie darauf?«

»Das hat Gesa Renkens Cousine ausgesagt. Sie war auch dabei.«

Verwirrt schaute der Lehrer von einem Ermittler zum anderen. »Selbst wenn es so war, ich weiß es nicht mehr. Wie ich schon sagte, das liegt schon viele Jahre zurück. – Warum fragen Sie mich das alles überhaupt?«

»Gesa Renken wurde am 10. Mai getötet. Wir suchen nach den Menschen, die Kontakt zu ihr hatten, und natürlich nach dem Täter.«

Entsetzt sah Lüders die MoKo-Leiterin an. »Das ist ja furchtbar! Und Sie glauben, ich hätte was damit zu tun?«

»Das möchten wir von Ihnen wissen.«

»Nein, natürlich nicht! Ich kann mich ja nicht einmal an sie erinnern!«

»Dann sind Sie ihr kürzlich auch nicht wiederbegegnet?«

»Nein. Ganz bestimmt nicht.«

Als die Ermittler die Wohnstraße verließen, drehte sich Schmidt noch einmal zum Haus des Lehrers um. »Ich glaube ihm nicht. Der kannte Gesa Renken. Erst waren sie zusammen in der Tanzstunde, dann ist er ihr noch mehrmals im Hotel seiner Großeltern begegnet.«

»Sind Sie sich sicher?« Matthes schien nicht überzeugt. Er schaute seine Vorgesetzte neugierig an. »Sprechen Sie aus Erfahrung? Waren Sie in der Tanzschule und können sich heute noch an die anderen Tänzer erinnern?«

Sie lachte. »Ja und nein. In meiner Jugend nicht, aber später mit meinem geschiedenen Mann. Und ich kann mich nur noch an ein Paar erinnern, das auch dabei war.«

Sie wurde aber gleich wieder ernst. »Zurück zu unserem Fall: Lüders war total angespannt. Und hat sich das Foto auch nur ganz kurz angesehen.«

»Warum sollte er gelogen haben?«

»Wenn er was mit ihrem Tod zu tun hat, dann macht es Sinn zu behaupten, dass er sie nicht kennt. Er will auf keinen Fall in Verdacht geraten.«

Schweigend fuhren sie zurück nach Stade. Bevor er in die Teichstraße einbog, fragte Matthes: »Waren Sie schon mal segeln?«

Als Schmidt in der nächsten Sitzung der MoKo dem Team ihre Vermutung präsentierte, fand sie nur bei Feindt ein positives Echo.

Lühs reagierte zurückhaltend. »Es gibt keinen Beweis dafür, dass Malte Lüders derjenige war, mit dem Gesa Renken das Hotel im Alten Land geplant hat. Laut Aussage der Freundin hat sie auch während des Studiums in verschiedenen Hamburger Hotels gearbeitet. Auch daraus könnten sich Kontakte ergeben haben. Und vielleicht hat sie sich auch mit jemandem zusammengetan, den sie vorher nicht kannte.«

»Wir sollten den Ehemann fragen, ob er weiß, in welchen Hotels sie gearbeitet hat«, sagte Schmidt und sah zu Beckmann. »Können Sie das mal eben am Telefon erledigen, Frau Beckmann?«

Die Kollegin nickte und verließ kurz den Besprechungsraum. Im Gespräch mit Ole Renken erfuhr sie, dass er sich an die Namen zweier Hotels erinnern konnte.

»Das eine ist geschlossen, bei dem anderen ist der ehemalige Besitzer verstorben. Von den früheren Mitarbeitern ist nur eine übernommen worden. Wir haben schon mit ihr gesprochen. Sie erinnert sich nur vage an Gesa Renken. Und weiß auch nicht, mit wem vom Personal sie sonst noch Kontakt gehabt haben könnte.«

»Gute Arbeit, vielen Dank an alle. Mehr können wir heute nicht machen.« Schmidt löste die Sitzung auf und wünschte allen einen schönen Feierabend.

Müde ließ sich Schmidt in ihrem Liegestuhl auf dem Balkon nieder. Sie hatte sich schnell ein Käsebrot zubereitet und ein Glas Wein eingeschenkt, beides stellte sie neben sich auf den kleinen Beistelltisch. Während sie langsam aß und trank, ließ sie ihren Blick über das Wasser schweifen. Es war windstill und noch immer warm, die Sonne würde erst in zwei Stunden untergehen. Tuckernd fuhr ein kleines Boot vorbei. Sie betrachtete das Segelboot, das sie noch nie in Aktion gesehen hatte. Dabei fiel ihr Matthes und seine Einladung zu einem Segeltörn ein. Hatte er das ernst gemeint? Seit ihrer Aussprache auf der Fahrt zurück von Hamburg konnte sie nachempfinden, wie enttäuscht er war. Noch ein paar Tage danach hatte sich ihr schlechtes Gewissen immer mal wieder gemeldet und sie bedauerte, ihm die Chance auf einen beruflichen Aufstieg genommen zu haben. Doch dann dachte sie darüber nach, dass es einen Grund gab, warum sie die Stelle erhalten hatte. Sie war qualifizierter als er, hatte Führungserfahrung, und das hatte Matthes auch akzeptiert. Immerhin war die Zusammenarbeit seither offener und entspannter.

Gisela hörte einen Brummton, den sie zuerst nicht zuordnen konnte. Es war kein neues Motorboot in Sicht. Plötzlich erinnerte sie sich daran, dass sie ihr Handy auf lautlos gestellt hatte, ging ins Wohnzimmer und nahm es von der Anrichte.

Richard rief an. »Hallo Schwesterherz, hier ist dein Bruder. Ich bin immer noch in Hamburg. Die Voruntersuchungen sind bald abgeschlossen, die Behandlung beginnt dann nächste Woche. Ich würde dich so gern mal wieder sehen. Kannst du das nicht in nächster Zeit einrichten?«

Gisela seufzte. »Gut. Wir können uns am Sonnabend in Hamburg treffen. Elf Uhr in der Nähe deiner Pension?«

Richard stimmte zu.

Mit gemischten Gefühlen beendete sie das Gespräch. Einerseits verspürte sie wenig Lust, ihren Bruder wiederzusehen, auf der anderen Seite hatte sie mit der Verabredung in Hamburg verhindert, dass er sich zur Übernachtung bei ihr einladen konnte und letztlich versuchen würde, sich längerfristig einzunisten.

Mittwoch, 29. Mai

Gleich nach Dienstbeginn meldete sich Gerd Matthes bei seiner Vorgesetzten. Er klang atemlos.

»Mich hat gerade die Hamburger Freundin von Gesa Renken angerufen. Sie hat heute Vormittag eine Bekannte getroffen, die auch mit unserem Opfer befreundet gewesen ist. Sie hat Frau Renken am 10. Mai in Hamburg gesehen, und zwar in Begleitung eines Mannes. Ich habe Kontakt mit der Zeugin aufgenommen.

Sie ist Ärztin in der Uniklinik und hat um 17 Uhr Dienstschluss. Danach ist sie zu einem Gespräch in der Krankenhauscafeteria bereit. Sollen wir zusammen hinfahren?«

In der anschließenden Sitzung verteilte Schmidt die Aufgaben für den Tag.

»Das Gespräch mit der Ärztin könnte uns wichtige Erkenntnisse liefern. Wenn wir Glück haben, erfahren wir endlich, wer der Liebhaber war.«

Matthes meldete sich zu Wort. »Morgen ist dienstfrei und der Freitag ist eigentlich ein Brückentag. Sollten wir angesichts der Wendung in unserem Fall nicht besser weiter ermitteln?«

Nachdenklich schaute sich die MoKo-Leiterin in der Runde um.

»Ich glaube, für den Himmelfahrtstag haben viele von Ihnen Pläne. Da wird es allen gut tun, den freien Tag zu genießen. Am Freitag möchte ich, dass alle morgens wieder zum Dienst erscheinen.«

Sie hatten eine längere Wartezeit vor dem Elbtunnel eingeplant und so fuhren Matthes und Schmidt um 15:30 Uhr los. Sie erreichten das Parkhaus der Uniklinik eine halbe Stunde vor dem vereinbarten Termin und so führte Matthes seine Vorgesetzte noch kurz durch den Eppendorfer Park. »Hier ganz in der Nähe hat mal eine Freundin von mir gewohnt. Wenn ich bei ihr war, bin ich hier gejoggt.«

Als er Schmidts fragenden Blick bemerkte, fügte er hinzu: »Die Beziehung hat leider nur ein gutes Jahr gehalten. Dabei wäre ich ihr zuliebe auch nach Hamburg gezogen. Ich hatte mich schon nach einem möglichen Stellentausch erkundigt.«

Die Cafeteria mit den Resopaltischen und den Plastikblumen wirkte nicht sehr einladend. Kaum dass sich die Ermittler am Tresen einen Kaffee besorgt und einen Platz gefunden hatten, erschien in der Tür eine dunkelhaarige Frau und schaute sich suchend im Raum um. Matthes führte die Ärztin zu ihrem Tisch und besorgte ihr ein Mineralwasser. Dieses Mal übernahm die MoKo-Leiterin die Befragung.

»Danke, Frau Dr. Nagel, dass Sie sich Zeit für ein Gespräch mit uns nehmen. Bitte wiederholen Sie, was Sie Suse Gerdes erzählt haben.«

Dr. Nagel nickte. »Ich war Anfang Mai auf dem Weg zum Isemarkt, als ich Gesa in Begleitung eines Mannes aus einem Hotel kommen sah.«

»Wissen Sie noch, an welchem Tag das genau war? Und um welche Uhrzeit?«

»Ich dachte schon, dass Sie danach fragen werden und habe in meinem Kalender nachgesehen. Das war am Freitag, den 10. Mai, mittags gegen 12 Uhr. Ich hatte Spätdienst und wollte auf dem Markt nach einem Schal gucken.«

»Kannten Sie den Mann?«

»Nein, ich habe ihn noch nie gesehen.«

»Können Sie ihn beschreiben?«

Die junge Ärztin runzelte die Stirn. »Hm, ziemlich groß, ich schätze knapp 1,90 Meter, schlank, blonde lockige Haare und einen Bart. Er trug Jeans und ein T-Shirt. Ich fand, er sah ziemlich gut aus.«

»Und wie wirkten die beiden auf Sie?«

»Sie kamen eng umschlungen aus der Tür und lachten. Eben wie ein verliebtes Paar.«

»Sie haben die beiden nicht angesprochen?«

»Ich weiß doch, dass Gesa Familie hat. Und dass das nicht ihr Mann war. Das wäre ihr sicher peinlich gewesen.«

»Sie kennen Herrn Renken?«

»Ja, Gesa hat mit Suse Gerdes zusammengewohnt, mein Apartment war gleich um die Ecke und ich war öfter bei den beiden zu Besuch. Da bin ich auch Ole begegnet.«

»Haben Sie gesehen, wohin das Paar ging, nachdem es das Hotel verlassen hatte?«

»Sie gingen die Isestraße hinunter. Ich habe noch einen Moment gewartet, damit sie mich nicht sehen konnten, und bin dann zum Markt gegangen.«

Matthes holte sein Tablet aus der Tasche und öffnete eine Bilddatei.

Er zeigte der Ärztin die Fotos der beiden Kollegen von der Freilichtbühne. Sie schüttelte den Kopf. Bei dem Bild des Restaurantbesitzers lächelte sie. »Nein, Hinnerk ist es nun wirklich nicht. Bei ihm waren wir früher öfter essen.«

Als Matthes ihr das Foto des Lehrers Malte Lüders zeigte, setzte sie sich auf. »Das ist er!«

»Sind Sie sich ganz sicher?«

»Absolut!«

Matthes schaute seine Vorgesetzte bedeutungsvoll an, als die Ärztin gegangen war. »Damit ist klar, dass Lüders gelogen hat. Das heißt, wir müssen ihn noch einmal vernehmen.«

Schmidt nickte ernst und sah auf ihre Uhr. »Auf jeden Fall. Und am besten gleich. Es ist jetzt 17:45 Uhr. Für den Weg nach Bremervörde brauchen wir allerdings etwa eineinhalb Stunden. Dann sind wir um 19:15 Uhr dort. Sollen wir noch hinfahren? Dann werden wir ziemlich spät Feierabend haben.«

Matthes nickte lächelnd. »Ich habe heute nichts mehr vor.«

Gisela Schmidt griff zum Telefon und kündigte dem Lehrer ihren Besuch am Abend an, dann fuhren sie Richtung Elbtunnel. Wie Schmidt vorausgesagt hatte, erreichten sie Bremervörde kurz nach 19 Uhr.

Mit einem irritiert-fragenden Blick öffnete Malte Lüders die Tür. Er führte sie schweigend am Wohnzimmer vorbei, in dem der Fernseher lief.

»Was führt sie so spät noch zu mir?«

Während Matthes ihn mit der Aussage der Ärztin konfrontierte, wurde Malte Lüders immer blasser und schaute zu Boden. Er schwieg einen Moment, bis er mit leiser Stimme sagte: »Es stimmt, ich habe Gesa in Hamburg getroffen.«

»Warum haben Sie bei der ersten Vernehmung nicht die Wahrheit gesagt?«

Sein Blick drückte jetzt Verzweiflung aus. »Ich hatte Angst, sie würden mich für ihren Tod verantwortlich machen!«

»Woher wussten Sie denn, dass Frau Renken nicht mehr lebte?«

»Sie hat nicht mehr auf meine Anrufe und Nachrichten reagiert, da bin ich ganz unruhig geworden. Und dann habe ich in der Zeitung gelesen, dass eine Leiche in einer Apfelplantage gefunden worden ist. Da war mir klar, dass es sich nur um Gesa handeln konnte. – Sie wissen gar nicht, wie schrecklich es mir seitdem geht.«

Lüders schaute zu Boden und schwieg einen Moment. Schließlich sah er die Ermittler ängstlich an. »Was ist denn passiert?«

Matthes antwortete knapp, dass Gesa Renken eine schwere Kopfwunde hatte und dass die Polizei von einem Tötungsdelikt ausging. Um Fassung ringend atmete Lüders tief durch. »Warum? Sie hat doch niemandem was getan!«

Schmidt schaute ihn aufmerksam an. »Das wissen wir noch nicht. Zur Aufklärung brauchen wir weitere Auskünfte und Hinweise. Deswegen sind wir noch einmal hier.«

Erschrocken richtete sich der Lehrer auf. »Sie glauben doch wohl nicht, dass ich es gewesen bin? Ich habe sie geliebt und wollte ein neues Leben mit ihr anfangen!«

Matthes versuchte ihn zu beruhigen. »Im Moment glauben wir noch gar nichts. Aber Sie sind vermutlich derjenige, der als letzter Kontakt zu ihr hatte. – Jetzt erzählen Sie uns bitte der Reihe nach, wie sich ihre Beziehung entwickelt hat und wie Ihr Treffen am 10. Mai verlaufen ist.«

Lüders nickte und berichtete mit tonloser Stimme, wie er sich im Hotel seiner Großeltern in die hübsche Abiturientin verliebt hatte, die aber nur mit ihm geflirtet hatte und wenig später nach Hamburg verschwunden war. Er hatte in Bremen studiert und sich vergeblich bemüht, Kontakt zu ihr aufzunehmen. Vor etwa einem halben Jahr waren sie sich zufällig in Stade begegnet.

»Wir waren beide völlig überrascht und ich habe mich gefreut, dass sie bereit war, mit mir einen Kaffee zu trinken. So kamen wir ins Reden und haben uns ausgetauscht, über die alten Zeiten und unser jetziges Leben. Die Zeit verging wie im Flug und es war noch so vieles nicht gesagt. Deshalb haben wir uns noch mal verabredet und von da an regelmäßig getroffen.«

Er schloss kurz die Augen. »Dabei habe ich erfahren, dass Gesa mit ihrem Mann nicht glücklich war. Sie liebte ihr Café, aber sie hätte es sich lieber mit jemandem geteilt, um nicht ständig anwesend sein zu müssen. Bei mir und meiner Frau läuft es auch nicht gerade rund und mich langweilt die Arbeit in der Schule. Ich kann mir nur schwer vorstellen, das bis zu meiner Pensionierung zu machen. Da kamen wir auf den Gedanken mit dem Hotel im Alten Land und haben uns ausgemalt, wie wir es gemeinsam führen würden. In der Zeitung hat Gesa dann die Anzeige einer Immobilienfirma für den alten Hof entdeckt und gleich Kontakt zu dem Makler aufgenommen.«

Matthes schaute ihn fragend an. »Warum haben Sie Herrn Schulte nicht zusammen konsultiert?«

»Weil noch niemand wissen sollte, was wir planten. Wir hatten ja auch noch nicht mit unseren Partnern gesprochen.«

Lüders schluckte. »Das stand uns noch bevor und fiel uns beiden schwer. Daher wollten wir erst das Haus kaufen, die Umbauten in die Wege leiten und dann unsere Beziehung öffentlich machen.«

Matthes beschäftigte noch ein anderes Thema. »Und wie wollten Sie das Ganze finanzieren? Das Café war doch noch nicht verkauft.«

»Ich habe vor kurzem eine größere Summe von meinem Großvater mütterlicherseits geerbt. Er besaß einen metallverarbeitenden Betrieb und ist vor einem Jahr gestorben. Dazu habe ich eine Bank gefunden, die mir einen günstigen Kredit gewähren würde.«

»Was ist am 10. Mai passiert?« Die MoKo-Leiterin ließ nicht locker.

»Gesa hatte die Idee, dass wir uns in Hamburg in dem Hotel am Isemarkt treffen könnten.«

»Der 10. war doch ein normaler Schultag. Hatten Sie denn da frei?«

Lüders räusperte sich. »Am Donnerstag habe ich im Lehrerzimmer gehustet und mir dauernd die Nase geputzt. Und ich habe allen erzählt, dass es mir nicht gut geht. Am nächsten Morgen habe ich mich dann krank gemeldet.« Er schaute betreten zu Boden. »So etwas habe ich vorher noch nie gemacht, wirklich!«

»Ok. Und wo haben Sie sich getroffen?«

»Gesa hatte das alles genau geplant. Sie hat am Fähranleger Lühe geparkt und die Acht-Uhr-Fähre nach Schulau genommen. Dort habe ich sie gegen halb neun mit meinem Auto abgeholt.«

»War das nicht etwas umständlich? Sie haben doch von Bremervörde bis Schulau bestimmt zwei Stunden gebraucht. Und von dort noch einmal über eine halbe Stunde zurück in die Stadt.«

»Ja, auch das hat sich Gesa ausgedacht, damit uns niemand zusammen sieht.«

»Und Sie haben sich ein Zimmer genommen und sind bis zum Mittag geblieben?«

Lüders nickte und schaute wieder zu Boden. »Erst mal, ja.«

»Wie ging es dann weiter?«

»Wir sind über den Markt geschlendert und ich habe ihr eine Kette mit einem silbernen Anhänger gekauft.« Traurig lächelnd sah er auf einen imaginären Punkt an der Wand. »Sie hatte den Stand mit dem Silberschmuck entdeckt. Dort gefiel ihr vor allem der kleine Fisch. Ich habe ihr die Kette gekauft und auch gleich umgehängt. Danach sind wir essen gegangen und haben über unser Projekt gesprochen. Anschließend sind wir zurück ins Hotel. Um halb sieben habe ich sie wieder zum Anleger gebracht. Gleich danach kam die Fähre. Sie stand an der Reling und wir haben einander noch gewunken. Ich bin dann zum Auto und nach Hause gefahren.«

»Ist Ihnen auf dem Weg zum Anleger oder auf dem Schiff jemand aufgefallen?«

Lüders schüttelte den Kopf.

»Und danach haben Sie nichts mehr von ihr gehört?«

»Nein, ich habe sie weder über Telefon noch über Whatsapp erreicht.«

»Aber warum war Ihre Nummer nicht in der Anrufliste von Gesa Renkens Handy?«

Wieder richtete Lüders seinen Blick auf den Boden. »Damit ihr Mann nicht zufällig auf unseren Kontakt stößt, habe ich uns Prepaidhandys gekauft.«

Die Sonne war noch nicht untergegangen, aber der Wind hatte aufgefrischt. Schmidt lehnte sich auf dem Beifahrersitz zurück. »Ich fand ihn glaubwürdig und denke nicht, dass er es war.«

»Da stimme ich Ihnen zu. Doch ist er der letzte, mit dem sie Kontakt hatte, und er hat uns belogen. Auch wenn er dafür einen einigermaßen plausiblen Grund angegeben hat, macht ihn das verdächtig. Es ist nicht bewiesen, dass sie allein mit der Fähre nach Lühe zurückgefahren ist. Er könnte sie begleitet haben oder sie im Auto zurückgebracht haben. Es fehlt nur das Motiv.«

»Es sei denn, er hatte Skrupel und wollte seine Familie doch nicht im Stich lassen, dann kam es zum Streit, in dessen Folge er sie mit dem Stein erschlagen hat.«

»Oder es war jemand ganz anderes. Wir sollten am Freitag versuchen herauszufinden, ob sie auf der Fähre gesehen worden ist. Und ob sie allein war. Und wie kam sie vom Lühe-Anleger auf den Parkplatz Sandhörn? Sie müsste mit ihrem Mörder dorthin gefahren sein, mit Lüders oder einer anderen Person.«

Schmidt gähnte. »Jetzt wird es aber Zeit, dass wir nach Hause kommen. Das war ein langer Tag.«

Für einen Moment schloss sie die Augen. Kurz bevor sie Stade erreichten, schaute sie ihren Kollegen an. »Was machen Sie denn morgen an Himmelfahrt?«

»Ich gehe segeln. Von der Schwinge in die Elbe bis hinter Lühesand. Das Wetter soll gut und windig. Mein Angebot gilt noch: Wenn Sie mögen, kommen Sie doch mit!«

Bedauernd lehnte sie ab. »Das würde ich sehr gern, aber meine Tochter kommt morgen. Wir wollen eine Radtour durchs Alte Land machen.«

Donnerstag, 30. Mai

Wieder traf Katrin mit dem Zug um kurz nach zehn Uhr in Stade ein. Dieses Mal hatte sie ihr Fahrrad dabei. Ihre Mutter holte sie mit dem Rad ab und sie starteten in Richtung Altes Land. In Bassenfleth stoppte Katrin und zeigte auf ein großes Bauernhofensemble mit bunt gemauertem Fachwerk, dessen Hofzufahrt durch ein großes hölzernes Tor führte.

»Schau mal, das sieht ja schick aus.«

»Ja, das ist eine so genannte Prunkpforte. Davon gibt es hier mehrere im Alten Land, damit haben die reichen Bauern ihren Wohlstand demonstriert.« Gisela hatte ihren kleinen weißen Reiseführer mit der schmucken Blütenkönigin vorn auf dem Umschlag gezückt und las ihrer Tochter daraus vor.

Sie fuhren auf den Deich und folgten dem schmalen asphaltierten Weg, der ihnen immer wieder den Blick auf die Elbe öffnete.

An einem Sandstrand hatten bereits einige Männergruppen ihre Lager aufgeschlagen und die Bierkästen zum Kühlen ins Wasser gestellt. Andere begegneten ihnen zu Fuß mit dem Bollerwagen oder auf dem Rad mit den obligatorischen alkoholischen Getränken im Anhänger zum Vatertagsausflug. Zwischendurch wurde es ruhiger, Mutter und Tochter genossen den Blick über den Deich und die Elbe. Voll beladene Containerschiffe begleiteten sie eine Weile. Ein Segelboot kreuzte vor dem gegenüberliegenden Ufer. Gisela schaute ihm nach und dachte kurz daran, wie es wäre, mit Gerd Matthes in dieser Jolle zu sitzen, schob den Gedanken aber schnell wieder beiseite. Jetzt war sie mit ihrer Tochter unterwegs, das war wichtiger.

Sie fuhren an einer Wiese vorbei, auf der eine Jugendgruppe Fußball spielte, und erreichten die Imbissbuden am Fähranleger Lühe. Hier kauften sie sich ein Fischbrötchen und einen Kaffee und setzten sich an einen der Tische. Sie sahen sich das bunte Treiben der Motorradfahrer an, die diesen Ort als Treffpunkt gewählt hatten und sich und ihre Maschinen zur Schau stellten. Die größten und teuersten Bikes wurden von den betagteren Herren gefahren, von denen etliche ihre spärlichen Haare in einem kleinen Pferdeschwanz am Hinterkopf trugen.

Kurz darauf wurde Giselas Aufmerksamkeit von der Fähre abgelenkt, die am Anleger festmachte. Eine Reihe Fußgänger und Radler kamen an Land. Nachdenklich betrachtete Gisela das Schiff und dachte an Gesa Renken, die drei Wochen zuvor hier ebenfalls ausgestiegen war und eigentlich nach Hause fahren wollte. So lautete jedenfalls die Aussage ihres Liebhabers. Wenn sie stimmte, was war danach passiert? Wer hatte sie nach ihrer Ankunft in Lühe ermordet?

»Mama, was ist los? Du bist so still!«

Die Stimme ihrer Tochter brachte sie zurück in die Realität. Sie atmete tief durch.

»Entschuldige, ich war in Gedanken bei meinem Fall. Wollen wir jetzt weiterfahren?«

Sie brachten die leeren Kaffeebecher zurück und setzten ihre Tour am Ufer der Lühe fort. Der holprige Weg auf dem Deich rüttelte sie ordentlich durch, doch wurden sie mit der wunderschönen Aussicht belohnt, die ihnen der verschlungene Lauf des kleines Flusses und die anliegenden Fachwerkhäuser boten. An der Hogendiekbrücke hielten sie an und bestaunten das 1975 nach holländischem Vorbild errichtete, weiß gestrichene Holzbauwerk. Sie stellten ihre Räder am Ufer ab. Gisela machte ein Foto von ihrer Tochter auf der Brücke und studierte die Hinweistafeln. »Unglaublich, so eine Hebevorrichtung hatten alle holländischen Brücken aus der alten Zeit, damit die Bewohner ans andere Ufer gelangen und bei geöffneter Brücke die beladenen Segelschiffe ihre Waren bis zur Elbe fahren konnten.«

In Steinkirchen schoben sie ihr Rad zur Kirche St. Martini et Nicolai. Katrin entdeckte zuerst die Statue des sitzenden Mannes auf der Wiese vor dem Eingang und las die Inschrift: »Priester Heinrich. Symbolfigur für die ab 1113 einsetzende Marschenkolonisation im Alten Land durch die Holländer, die von Steinkirchen aus ihren Anfang nahm.«

Gisela erinnerte sich daran, was ihr Gerd Matthes auf dem Weg nach Moorende über die Holländerkolonisation berichtet hatte und erzählte es ihrer Tochter. »Priester Heinrich soll hier die erste Kirche gegründet und seinem Schutzpatron St. Martin geweiht haben. Das war ein Vorgängerbau der jetzigen Kirche.«

Katrin schaute sich die Statue des Priesters nachdenklich an.

»Es ist kaum vorstellbar, was diese Menschen auf sich genommen haben. Sie haben ihre Heimat verlassen und sich mit ihren Familien auf den Weg in eine völlig fremde Welt gemacht. Hier haben sie geschuftet, um das Land urbar zu machen, und sich eine Existenz aufgebaut.«

Gisela nickte. »Immer schon waren Menschen unterwegs, um sich eine neue Heimat und eine bessere Zukunft aufzubauen. Immerhin waren die Holländer hier willkommen, hatten ihren Priester dabei und durften eigene Kirchen bauen.«

»Ja, und dann noch so schöne!«, schwärmte Katrin.

In der Kirche deutete Gisela auf die prunkvolle Orgel. »Und schon wieder ein Meisterwerk von Arp Schnitger. Ich würde sie gern einmal hören. Und guck dir bloß diesen ungewöhnlichen Kanzelaltar an, so etwas habe ich ja noch nie gesehen!«

Als sie sich an all der barocken Pracht der Kirche sattgesehen hatten, fuhren sie weiter und folgten der Lühe bis Mittelnkirchen. Über den Obstmarschenweg erreichten sie Jork. Langsam fuhren sie durch den lebendigen Ort mit den vielen Fachwerkhäusern, vorbei am Museum Altes Land mit der Prunkpforte. Zwischen den Höfen öffnete sich der Blick immer wieder auf die dahinter liegenden Apfel- und Kirschplantagen.

Schließlich hielten sie vor einem der großen Hofläden und schauten sich den Verkaufsraum an. »Ich schätze mal, die haben früher mit dem Verkauf von Äpfeln und Obstsaft angefangen. Schau mal, was es jetzt alles gibt.« Gisela betrachtete das große Angebot an Obstbränden, Marmeladen, Karten, Büchern und Geschenkartikeln.

Katrin lächelte. »Die Leute hier sind auf jeden Fall geschäftstüchtig.« Sie erstand einen Korb voller Äpfel für ihre WG, Gisela eine Flasche Apfelbrand.

Im idyllischen Garten eines Restaurants warfen sie einen Blick in die Speisekarte. Sie entschieden sich für Spargel mit jungen Kartoffeln und holländischer Soße. Katrin grinste. »Die Soße passt ja wunderbar zu unserem Ausflug.«

Zufrieden und satt legte Gisela ihr Besteck beiseite und sah, dass ihre Tochter noch mit dem Rest der Mahlzeit kämpfte.

»Geht es dir nicht gut?«

Katrin schüttelte den Kopf. »Ich bin nur etwas geschafft vom vielen Lernen. Dann noch die Dienste im Krankenpflegepraktikum.«

»Und was machen deine Mitbewohner?«

»Alles ok. Na ja, ich habe gerade etwas Stress mit Anna. Sie ist neuerdings ziemlich zickig und sucht öfter Streit.«

»Wieso das?«

Gisela spürte, dass Katrin nur ungern antwortete und ärgerte sich, die Frage überhaupt gestellt zu haben. Die Studentin schob eine Stange Spargel auf dem Teller herum.

»Es geht meistens um Lukas. Seit er bei uns wohnt, meint sie dauernd, er würde nur mit mir reden und sie links liegen lassen. Das ist aber völliger Unsinn.«

Nach dem Essen traten sie den Heimweg an. Sie fuhren zur Elbe und radelten zurück nach Stade. Unterwegs machten sie noch ein paarmal Halt und besahen sich in Borstel den Königsmarck'schen Hof, die Mühle und den Hafen sowie mehrere Prunkpforten, an denen sie vorbeikamen. Knapp zwei Stunden später erreichten sie den Bahnhof und Katrin fuhr direkt nach Hause, da sie am nächsten Tag für eine Klausur lernen wollte. Müde und erfüllt von dem besonderen Tag verabschiedeten sie sich mit einer innigen Umarmung.

Auf dem Heimweg durch den Bürgerpark klingelte Giselas Handy. Sie hielt an und schaute auf ihr Display. Überrascht nahm sie das Gespräch an.

»Hallo Peter.«

»Schön dass ich dich erreiche. Ich hoffe, ich störe dich nicht?«

»Nein, ich bin gerade unterwegs nach Hause.«

Während sie das Telefon ans Ohr hielt, stellte sie ihr Rad neben einer Bank ab und setzte sich.

»Am Samstagabend wird unsere Band in einer Bar in Harsefeld auftreten. Das liegt ja nicht weit von Stade entfernt. Hättest du Lust zu kommen?«

Gisela schwieg einen Moment. »Das kommt etwas überraschend.« Ihre Stimme klang zögerlich.

»Stimmt, ich hätte dir früher Bescheid sagen sollen. Aber schau doch mal, ob du es nicht einrichten kannst. Ich würde mich riesig freuen. Wir fangen um 21 Uhr an. Falls du kommst, könnten wir vorher noch etwas zusammen essen.«

Als Gisela eine halbe Stunde später auf ihrem Balkon saß, nahm sie nur wenig vom Treiben auf dem Wasser wahr. In Gedanken war sie immer noch bei dem Telefonat mit Peter Köster. Was bezweckte er mit seiner Einladung? Und sollte sie sie annehmen?

Freitag, 31. Mai

In der Frühbesprechung schilderte Gisela Schmidt, was die Ärztin auf dem Isemarkt beobachtet hatte.

»Was für ein Paar! Die ganze Geschichte, ihre Wiederbegegnung und dann der gemeinsame Traum, den sie umsetzen wollten.« Hanne Beckmann war sichtlich beeindruckt.

»Dafür waren beide bereit, sich von ihren Familien zu trennen. Das wäre besonders für die Kinder schlimm gewesen.« Kopfschüttelnd nahm Jan Lühs die Position der Partner ein.

Britta Feindt verfolgte einen anderen Gedanken. »Vielleicht ist ja der Ehemann misstrauisch geworden, hat seine Frau verfolgt und mitbekommen, dass sie sich mit ihrem Liebhaber trifft und hat sie anschließend aus Eifersucht getötet.«

Schmidt machte sich Notizen. »Die Fingerabdrücke aus dem Auto stammen jedenfalls nicht von dem Ehemann. Die Kriminaltechniker sollen sie auf jeden Fall mit denen von Malte Lüders vergleichen.«

»Übrigens«, fügte sie hinzu, »bei der kriminaltechnischen Untersuchung des sichergestellten Granitsteins sind leider weder DNA- noch Fingerabdrücke festgestellt worden. Der Täter könnte also Handschuhe getragen haben.«

Jan Lühs nickte. »Das wäre eine Möglichkeit. Dann ist die Tat geplant gewesen, denn wer hat im Mai noch Handschuhe dabei.«

Am Vormittag rief Lühs in der Geschäftsstelle der Lühe-Schulau-Fähre an, erreichte aber niemanden. Nur wenige Betriebe und Behörden schienen am Tag nach Himmelfahrt zu arbeiten. Aber die Fähre tat wie an jedem Tag ihren Dienst, also machte sich der Kommissar auf den Weg nach Lühe und wartete. Als das Schiff anlegt hatte, ging er an Bord und befragte das Personal. Der kräftige Mann, der die Tickets verkaufte und kontrollierte, erkannte Gesa Renken sofort auf dem Foto. »So eine hübsche Frau vergisst man nicht so schnell.« Er grinste und strich sich über die Glatze. Er hatte am 10. Mai Dienst gehabt und sie sowohl am Morgen nach Schulau als auch auf der Rückfahrt am Abend gesehen. »Mich hat nur gewundert, dass sie allein unterwegs war. Bei so einer Klassefrau hätte ich mit einer Begleitung gerechnet.«

Er wusste nicht, ob sie zur Fähre gebracht oder von der Fähre abgeholt worden war. »Da müssen Sie Hein fragen, der war an dem Tag für den Ein- und Ausstieg der Gäste zuständig.«

Hein Eggers war nicht im Dienst, wohnte aber in der Nähe in Grünendeich, sodass Lühs ihn im Anschluss in seiner Wohnung befragen konnte. Der Fährangestellte öffnete dem Kriminalbeamten mit einem Bier in der Hand. In der Küche setzte er sich an den Tisch und biss von seinem Butterbrot ab, dass er sich gerade geschmiert hatte. Wie sein Kollege schien er dem Essen gut zuzusprechen, denn sein Bauch wölbte sich ausladend über dem Hosenbund.

Eggers betrachtete das Foto und erinnerte sich ebenfalls sofort an Gesa Renken. Die Acht-Uhr-Fähre sei schwach besucht gewesen, deswegen wusste er auch noch, dass sie allein eingestiegen war. In Schulau war sie von einem großen blonden Mann abgeholt worden. »Die beiden waren ein schönes Paar.« Der Seemann erkannte auch Malte Lüders als den Mann wieder, der Gesa Renken morgens in Schulau erwartet und abends wieder zur Fähre gebracht hatte.

»Sie stand noch lange an der Reling und hat ihm gewunken. Ich glaube, die waren richtig verliebt.« Versonnen lächelnd nahm Eggers noch einen Schluck aus der Flasche. »Da hat es mich erst recht gewundert, dass sie in Lühe dann nicht allein ausgestiegen ist. Sie ist mit einem anderen Mann in Richtung Parkplatz gegangen.«

»Ein anderer Mann? Können Sie ihn beschreiben? Haben Sie beobachtet, wie die beiden miteinander umgegangen sind, was sie gemacht haben?«

»Sie haben sich unterhalten. Mehr habe ich nicht gesehen.«

Eggers konnte sich leider nicht mehr genau daran erinnern, wie der Betreffende aussah. »Irgendwie unauffällig.« Er dachte noch einmal nach. »Ich habe den beiden noch kurz hinterhergeschaut. Ich meine mich zu erinnern, dass er genauso groß war wie sie.«

Matthes zeigte ihm die Fotos der bisher verhörten Männer, doch der Gesuchte war nicht darunter.

»Damit kommen also der Ehemann, die Jugendfreunde von der Freilichtbühne und der Hamburger Gastronom als Verdächtige nicht mehr in Betracht. Nur, wer war dieser Begleiter? Und war er der Täter?« Mit diesen Fragen beendete Lühs seinen Bericht.

Schmidts Stimme klang nachdenklich. »Es wird nicht leicht sein, ihn bei dieser vagen Personenbeschreibung zu finden. Kleinere Männer gibt es häufiger. Es muss aber jemand sein, den Gesa Renken kannte. – Vielleicht können uns die Angehörigen, die Angestellte oder die Nachbarn Hinweise auf jemanden geben, der infrage kommt.«

Nach einer kurzen Pause fuhr sie fort: »Wenn sie gemeinsam zum Parkplatz gegangen sind, ist es möglich, dass sie dort ihre Autos stehen hatten und sich getrennt auf den Heimweg gemacht haben. Es ist auch nicht auszuschließen, dass sie einander nicht kannten, sondern nur denselben Weg gingen und dabei einige Worte gewechselt haben. So etwas kommt doch öfter vor.«

Matthes überlegte. »Dann könnte immer noch jemand anderes Gesa Renken getötet haben. Nur Lüders ist raus, denn er hätte es nicht geschafft, in der kurzen Fährzeit mit dem Auto von Schulau nach Lühe zu fahren und sie dort abzupassen. Wenn sie aber diesen Mann, den sie auf der Fähre traf, im Auto mitgenommen hat, könnte er sie aus welchen Gründen auch immer, umgebracht haben.«

Am Nachmittag fuhren Schmidt und Matthes noch einmal nach Moorende zu Ole Renken. Auf dem Weg erkannte sie einige Stellen wieder, die sie am Vortag mit Katrin besucht hatte. Als schien er es zu ahnen, erkundigte sich ihr Kollege nach der Radtour. Gisela erzählte begeistert von den Stationen ihrer Fahrt. »Und wie war Ihr Segeltörn?«

»Hat Spaß gemacht, auch wenn ich mir eine etwas stärkere Brise gewünscht hätte.«

Mehr mochte er anscheinend nicht preisgeben.

Für eine kurze Zeit war Renken wieder seiner Arbeit nachgegangen, doch hatte sich der Airbus-Ingenieur bis auf weiteres freistellen lassen. Da er noch keine geeignete Haushaltshilfe gefunden hatte, kümmerte sich die Schwiegermutter weiter um den Haushalt. Anna und Max litten sehr unter dem Tod ihrer Mutter. Sie wurden von einer Kindertherapeutin behandelt und brauchten die Unterstützung des Vaters.

So stand Renken an diesem Morgen für eine weitere Befragung zur Verfügung. Er öffnete die Tür und wirkte deutlich gefasster als bei den Terminen zuvor. Dieses Mal übernahm Schmidt die Gesprächsführung und informierte Renken über die neuesten Entwicklungen. Sie berichtete von dem Treffen seiner Frau mit ihrem Freund in Hamburg und legte dem Witwer vorsichtig die Pläne des Paares dar.

Entsetzt hörte er zu. »Dann wollte sie mich verlassen?«

Schmidt nickte.

Renken schloss die Augen und rang um Fassung.

»Und ich habe nichts davon gewusst, ja nicht mal etwas geahnt! Warum hat sie nicht mit mir gesprochen?«

Die Ermittlerin suchte nach den richtigen Worten.

»Offenbar ist Ihrer Frau die Trennung sehr schwer gefallen, und sie hat es wohl immer wieder aufgeschoben, mit Ihnen zu reden.«

»Und wer ist der Kerl, mit dem sie das alles geplant hat? Hat er sie umgebracht?«

»Ein Lehrer, den sie von früher kannte. Nein, nach unserem jetzigen Ermittlungsstand kommt er als Täter nicht infrage.«

»Dabei hat sie hier doch alles gehabt. Das schöne Haus, das erfolgreiche Café. Das war doch ihr Lebenstraum!«

Renkens Stimme klang tonlos. »Ich verstehe das nicht.«

»Wir haben doch schon darüber gesprochen, dass sich Ihre Frau im Alltag überfordert und von Ihnen allein gelassen fühlte. – Die Aufarbeitung Ihrer Probleme wird etwas Zeit in Anspruch nehmen, allerdings sind wir dafür nicht die richtigen Ansprechpartner. Ich würde Ihnen empfehlen, sich einen Psychotherapeuten zu suchen. Das könnte Ihnen helfen, die Hintergründe zu verstehen und zu verarbeiten. Unsere Aufgabe ist es, den Mörder Ihrer Frau zu finden. In diesem Zusammenhang haben wir noch eine andere Frage an Sie. Ein Besatzungsmitglied der Fähre hat gesehen, dass Ihre Frau auf dem Schiff einen Mann getroffen hat, um die dreißig Jahre alt, ziemlich klein. Haben Sie eine Idee, wer das gewesen sein könnte? Das war vielleicht jemand, den sie von hier kannte.«

Doch Renken wusste niemanden, auf den die vage Beschreibung des Mannes passte.

Als nächstes suchten Matthes und Schmidt die ehemalige Angestellte, Nora Matthies, in ihrer Wohnung in Estebrügge auf, doch auch sie schüttelte nur den Kopf.

»Gesa war etwas größer als ich, so um die 1,70. Ich kenne keinen Mann, der so klein ist. Das soll aber nichts heißen, Gesa kannte viele Menschen, denn sie war sehr offen und kontaktfreudig. Nicht nur im Café, da gehörte es ja zu ihrem Beruf. Sie ist stets auf die Menschen zugegangen und hat sich gern unterhalten. Vielleicht war es ja jemand aus dem Ort oder von der Umweltgruppe.«

Hier kamen sie also auch nicht weiter. Matthes reichte ihr beim Abschied seine Karte. »Sie können mich jederzeit anrufen, wenn Ihnen doch noch etwas einfällt.«

»Hier in Estebrügge gibt es ein Restaurant, das einen guten Mittagstisch anbietet. Den Tipp hat mir ein Kollege gegeben.« Matthes Magen knurrte hörbar. So saßen sie wenig später an einem Tisch im Sommergarten mit Blick auf den kleinen Fluss und genossen das Tagesgericht, Backfisch mit Bratkartoffeln. Als die Bedienung die Rechnung brachte, kam Schmidt auf die Idee, die Frau nach ihrem Verdächtigen zu fragen. Leider hatte sie aber auch keine Ahnung, um wen es sich handeln könnte. Seufzend erhob sich die Ermittlerin.

»Das wird nicht einfach, diesen Mann zu finden.«

Nachdem sie die Gaststätte verlassen hatten, schaute sie sich um. »Wieder so ein schöner Ort. Sehen Sie nur, die vielen Fachwerkhäuser. Mit den ständigen Gedanken an unseren Fall ist mir das vorhin gar nicht aufgefallen.«

Matthes deutete auf die Turmspitze, die hinter den Dächern hervorragte. »Ich habe ja schon mitbekommen, dass Sie sich für die Kirchen im Alten Land interessieren. Hier gibt es auch eine ganz besonders schöne, auch mit einer Arp-Schnitger-Orgel. Kommen Sie!«

Schmidt folgte ihm durch eine Gasse, dabei kamen sie an dem kleinen Museum Estebrügge vorbei.

»Das müssen Sie sich für die nächste Tour mit Ihrer Tochter merken. Die Sammlung ist wirklich einzigartig.«

Durch einen Torbogen erreichten sie den Kirchplatz. Dem Kirchenschiff aus Backstein schloss sich ein trutziger Holzanbau an, über dem sich der spitze Kirchturm erhob. Still betraten sie den Innenraum, dessen große Kirchenfenster viel Licht hereinließen. Sie betrachteten die prachtvolle Orgel und die blau-gold gemusterte Tonnendecke, die sich wie ein Sternenhimmel über ihnen wölbte.

»Schön, nicht wahr?« Matthes lächelte versonnen. »Und ich kenne noch eine besondere Geschichte zu dieser Kirche. Als der Vorgängerbau eingestürzt ist, wurde sie im Jahr 1700 von Grund auf erneuert. Der damalige Kantor hatte eine Idee, wie das Ganze finanziert werden konnte: Er ließ die Sitze schon vorab verkaufen und erhob von den Bauern außerdem noch je Morgen Land einen Reichstaler, sogar die Knechte und Mägde mussten einen Taler zahlen. So konnte die Gemeinde Estebrügge ihre Kirche ohne jede Hilfe Außenstehender bauen.«

Gegen 14 Uhr waren die MoKo-Leiterin und ihre Mitarbeiter wieder zurück im Fachkommissariat; es blieb gerade genug Zeit, um noch eine Tasse Kaffee zu trinken. Die beiden Umweltaktivisten, die bereits vor zwei Wochen zur Vernehmung erschienen waren, traten ein. Nach der kurzen Begrüßung hielt sich Schmidt nicht lange mit einer Vorrede auf und fragte direkt: »Gibt es in Ihrer Gruppe einen oder mehrere Männer, die etwa 1,70 Meter groß sind?«

Der Lehrer runzelte die Stirn. »Mir fällt keiner ein. Der kleinste ist Hans Gerhard, aber der ist über siebzig. Ich schätze, so alt wird der, den Sie suchen, nicht sein.«

»Aber was ist mit Armin?« Fragend schaute der Verwaltungsangestellte seinen Vereinskameraden an. »Der ist doch auch ziemlich klein.«

»Ja, aber 1,75 hat er mindestens. Glaube mir, dafür habe ich einen guten Blick. Jens, mein Sohn, misst sich dauernd in der Hoffnung, mich endlich zu überholen. 1,75 Meter waren es am letzten Wochenende. Da fehlen jetzt nur noch fünf Zentimeter. Wenn Armin neben mir steht, ist er genau so groß wie Jens jetzt.«

»Wie heißt denn Armin mit Nachnamen? Und wo wohnt er?«

Nur ungern beantworteten die beiden Umweltaktivisten Matthes' Frage, aber sie hatten keine andere Wahl. Schmidt sah, wie der Lehrer dem Verwaltungsangestellten einen bösen Blick zuwarf.

Bernd Schuback fand Armin Lampe auf der Liste der Aktiven, die auf der Homepage der Umweltgruppe verzeichnet und mit einem Bild verlinkt waren, und präsentierte die Informationen seiner Vorgesetzten. Das Foto zeigte einen gut Vierzigjährigen, dessen dunkelblonde Haare über die Ohren reichten, aber nicht darüber hinwegtäuschen konnten, dass sie sich von der Stirn bereits zurückzogen. Im rundlichen Gesicht fielen die hellblauen Augen und die kräftigen Lippen auf. Auf dem Gruppenfoto erkannten die Kommissare auch Gesa Renken, die in der vorderen Mitte stand und in die Kamera lächelte. Fasziniert studierte Matthes ihr Gesicht.

»Sie sah wirklich gut aus.«

Schmidt nickte etwas genervt und deutete auf den Mann neben der Umweltaktivistin. »Das ist Armin Lampe. Er ist schon etwas größer als sie, aber nicht wesentlich. Der kleine graue ganz außen muss Hans Gerhard sein.«

Matthes rief Hein Eggers an und schickte ihm per Handy das Bild von Armin Lampe.

Wenig später meldete sich der Fährangestellte, Matthes stellte das Gespräch auf laut.

Schmidt hörte Stimmen im Hintergrund und das Tuckern eines Motors. »Ich bin gerade auf dem Schiff!«, rief er ins Telefon. »Das Foto habe ich gesehen. Ich weiß aber nicht, ob das der Mann war, den ich mit der ermordeten Frau gesehen habe. Wir haben so viele Fahrgäste, da kann ich mir nur wenige Gesichter merken.«

Samstag, 1. Juni

Um kurz vor zehn machte sich Gisela Schmidt auf den Weg nach Hamburg. Da sie sich in der großen Hansestadt kaum auskannte, hatte sie die Route zu Richards Pension auf der Karte genau studiert, war dann aber doch froh, dass ihr Navi sie durch die vollen Straßen führte. Eine gute Stunde später erreichte sie die Pension am Lokstedter Weg, brauchte aber noch zwanzig Minuten, bis sie einen Parkplatz gefunden hatte.

Sie war erstaunt, dass ihr Bruder sie bereits vor der Tür erwartete. Zwar wusste sie von seinem Zustand, trotzdem war sie erschrocken, wie sehr er gealtert war. Die dünnen langen Haare waren grau geworden, das Gesicht von tiefen Falten durchzogen. Von dem gut aussehenden Mann, den die Mädchen bewundert hatten, war nicht viel übrig geblieben. Doch seine Augen strahlten, als er sie in die Arme schloss. Wenig später sah er sie bewundernd an.

»Schwesterchen, wie schön dich wiederzusehen! Aus dir ist ja eine richtig attraktive Frau geworden! Wie lange haben wir uns nicht gesehen? Fünfundzwanzig Jahre?«

»Dreißig. Als du dich davongemacht hast, war ich sechzehn.«

Erstaunt musterte er sie. »Dass du das noch so genau weißt? Wie auch immer, wir haben uns sicher viel zu erzählen.«

In einem kleinen Bistro bestellten sie ein zweites Frühstück. Während Gisela den Tee einschenkte, begann Richard mit dem ausführlichen Bericht über die Untersuchungen, die bevorstehende OP und anschließende Behandlung.

»Es sieht wohl ganz gut aus und ich habe Aussicht auf eine vollständige Heilung. Ich denke, dass ich hier in der Uniklinik genau am richtigen Ort bin. Jetzt muss ich alles nur noch gut überstehen. «

Seine Schwester sah ihn ernst an. »Das wünsche ich dir.«

Richard trank einen Schluck Tee. »Und du? Wie geht es dir?«

Sie schluckte. Diese Frage hatte sie nicht erwartet. Früher hatte sich ihr Bruder nie sonderlich für sie interessiert. Sie erzählte kurz von ihrem beruflichen Werdegang und dem Umzug nach Stade. Die persönliche Entwicklung kannte er ja schon von ihrem Exmann und ihrer Tochter.

»Keine neue Liebe?« Forschend sah er sie an.

Sie schüttelte den Kopf.

»Und bei dir?«

»Mit den Frauen hatte ich wenig Glück. Daher habe ich keine Kinder, was ich heute sehr bedauere. Immerhin gibt es noch Beate, mit der ich früher mal zusammen war. Sie ist eine ganz liebe und lässt mich bei sich wohnen.«

Sie mochte den Smalltalk nicht fortsetzen. Die Frage beschäftigte sie schon so lange, dass sie sie unbedingt loswerden musste.

»Warum bist du nicht gekommen, als es Mama so schlecht ging? Weißt du eigentlich, wie sehr sie sich deinen Besuch gewünscht hat? Noch bis kurz vor ihrem Tod! Immer wieder musste ich mir von ihr anhören, was für ein toller Junge du bist, und dass du sicher bald zu ihr kommen wirst!«

Betroffen senkte er den Blick. Seine Stimme klang sehr leise »Das tut mir alles sehr leid.«

Doch Gisela wollte die Entschuldigung nicht annehmen und bohrte nach. »Warum hast du nie was von dir hören lassen?«

»Weißt du denn nichts von dem großen Krach mit Papa? Danach bin ich gegangen.«

Gisela schüttelte erstaunt den Kopf und hörte schweigend zu, wie Richard ihr die Vorwürfe des Vaters schilderte, die er ihm ständig gemacht hatte. Enttäuscht von seinem Sohn, der lieber

Künstler als Bankbeamter werden wollte, hatte er ihn immer wieder zur Rede gestellt und versucht zu überreden, doch noch zu einem Vorstellungsgespräch zu gehen. Der Vater hatte es mit dem Filialleiter der Bank arrangieren wollen, in der er selbst arbeitete. »Er konnte einfach nicht akzeptieren, dass ich einen anderen Weg gehen wollte als er.«

»Da hattest du schon zwei Lehrstellen geschmissen. Und warst sechsundzwanzig.«

Richard zuckte mit den Achseln. »Das bürgerliche Leben war nichts für mich. Weißt du eigentlich, dass ich mich kurz vor dem Umzug nach Mallorca an der Kunsthochschule beworben hatte und angenommen wurde? Papa wollte das nicht akzeptieren und hat sich geweigert, mich finanziell zu unterstützen. Ich wollte nicht viel von ihm, hatte auch schon einen Job, mit dem ich nebenbei etwas verdienen konnte. Als ich ihn darum gebeten habe, hat er solch einen Wutanfall bekommen, dass er mich angeschrien und mir ins Gesicht geschlagen hat. Da bin ich gegangen.«

Entsetzt starrte Gisela ihn an. »Das habe ich nicht gewusst!«

Richards Stimme klang verbittert. »Kein Wunder. Sie wollten immer alles von dir fernhalten. Von Vater musste ich mir immer wieder anhören, dass er so froh war, dass es dich gibt. Und ich sollte mir ein Beispiel an dir nehmen, der braven, guten Schülerin!«

»Und für Mama warst du immer der geliebte Sohn, an den ich nie heranreichen konnte. Ich habe mich jahrelang um sie gekümmert, aber das zählte nicht.« Gisela schüttelte den Kopf. »Das ist doch verrückt.«

Am Nachmittag kehrte Gisela erschöpft und verwirrt nach Stade zurück. Sie zog sich in ihr Bett zurück und schlief sofort ein. Nach zwei Stunden wachte sie vom Klingeln ihres Mobiltelefons auf.

Peter Köster war am Apparat und wollte wissen, ob sie seiner Einladung folgen und zum Konzert kommen würde. Sie sagte ab, da sie zu müde war und im Bett bleiben wollte. Aber sie könnten sich an einem der nächsten Wochenenden sehen.

Sonntag, 2. Juni

Gisela hatte in der Nacht lange wach gelegen, immer wieder kam ihr die Begegnung mit dem Bruder in den Sinn. Als sie gegen zehn Uhr aufgewacht war, schaute sie erstaunt auf die Uhr. Selten schlief sie so lange. Dennoch fühlte sie sich wie zerschlagen. Sie kochte einen starken Kaffee und wollte sich gerade ein Müsli zubereiten, als es an der Tür schellte. Irritiert öffnete Gisela. Katrin strahlte sie an und hielt eine Tüte hoch.

»Hallo Mama, ich dachte, ich komme mal zum Frühstück und habe Brötchen mitgebracht. Ich bin doch so gespannt, wie das Gespräch mit Richard gelaufen ist!«

Erstaunt schaute Gisela ihre Tochter an. »Wie bist du denn hergekommen?«

»Lena, meine Mitbewohnerin, hat mir ihr Auto geliehen. Ich habe nicht mal eine Stunde gebraucht. Komme ich ungelegen?«

»Nein, es ist schön, dass du da bist.«

Nachdem sie den Tisch auf dem Balkon gedeckt hatten, tranken sie ihren Kaffee und aßen die Brötchen. Danach begann

Gisela zu erzählen. Katrin, die bisher wenig über ihren Onkel wusste, hörte gespannt zu.

»Das ist unglaublich. Ich war doch erst so beeindruckt von Richard. Dass er sich einfach so aus dem Staub gemacht und dich allein gelassen hat mit der Pflege von Oma, finde ich schon krass. Jetzt wo es ihm schlecht geht, taucht er wieder auf. Und spielt vor mir die Rolle des unkonventionellen freien Onkels. Dass du da wütend auf ihn warst, kann ich gut verstehen. Krass ist auch, dass du die ganze Zeit nichts von seinem Konflikt mit eurem Vater gewusst hast. Auch nicht, warum er wirklich nach Mallorca verschwunden ist.«

»Das ist schon wahr.« Nachdenklich schaute Gisela in ihre leere Kaffeetasse. »Für mich war er der Bruder, der keine Ausbildung hinbekommen und sich mit sechsundzwanzig einfach aus dem Staub gemacht hat. Und trotzdem weiter von unserer Mutter angehimmelt wurde. Meine Bemühungen um sie hat sie kaum gewürdigt. Er ist ja nicht mal zu ihrer Beerdigung erschienen. Das hat mich so wütend gemacht. Jetzt kann ich ihn zwar besser verstehen, ärgere mich aber auch über unseren Vater, dass er ihn so niedergemacht und Hilfe verweigert hat.«

Katrin runzelte die Stirn. »Vielleicht hätte er ja die Ausbildung an der Kunstakademie geschafft, wenn Opa ihn unterstützt hätte.«

Gisela nickte. »Vielleicht. Es ist aber anders gekommen. Was mich viel mehr beschäftigt ist, wie sehr uns diese alten Geschichten geprägt haben. Er, der Liebling der Mutter, ich der des Vaters, er der mutige, wilde, ich die brave, fleißige.«

Lächelnd fügte die Tochter hinzu: »Vergiss nicht, dass du die beruflich erfolgreiche bist. Er hat ja nicht wirklich was hinbekommen.«

»Mag sein.« Jetzt hellte sich auch Giselas Gesichtsausdruck wieder auf. »Eines habe ich ihm auf jeden Fall voraus: eine ganz besonders liebenswerte und kluge Tochter!«

Es war das erste Mal, dass ihn seine Mutter nicht wiedererkannt hatte. Eine Schwester hatte Gerd Matthes beiseite genommen und ihn leise darüber informiert, dass seine Mutter auch körperlich weiter abbaute. Er musste damit rechnen, dass sie nicht mehr allzu lange leben werde.

Wieder stand Jenny vor seiner Tür und er musste tief durchatmen.

»Und was ist es dieses Mal?«

»Zoff mit Mama.«

»Das ist ja nichts neues. Hast du dir einen Praktikumsplatz gesucht?«

»Ich denke noch drüber nach.«

Er griff zum Telefon und rief ihre Mutter an. Sie ging aber nicht an den Apparat. Nachdem er ihr eine Nachricht auf die Mailbox gesprochen hatte, wandte er sich an Jenny. »Komm, wir machen einen Spaziergang.«

Überrascht schaute sie ihn an. »Wieso?« Sie zögerte. »Eigentlich habe ich keine Lust.«

»Komm schon. Das Wetter ist schön und du kennst doch Stade gar nicht.«

Widerwillig folgte sie ihm und konnte kaum Schritt halten, als er den Weg in Richtung Innenstadt einschlug. »Nun renn doch nicht so.«

Als sie über die Parkstraße die Grünanlagen an der Schwinge erreichten, wurde er langsamer.

Er suchte nach einer Bank mit Blick auf das Wasser und fand schließlich eine, die auch noch von der Nachmittagssonne beschienen war. Sie setzten sich und streckten die Beine aus.

Ein Dackel lief vorbei und zog einen älteren Herrn an der Leine hinter sich her.

Amüsiert betrachtete Jenny die Szene. Gerd sah sie das erste Mal lächeln und fand, dass es ihr gut stand. Der kleine Hund blieb plötzlich stehen, wandte sich um und lief den Weg zurück. Vor ihrer Bank blieb er stehen und sah Jenny an. Notgedrungen war der Besitzer seinem Dackel gefolgt und schüttelte den Kopf. Entschuldigend fügte er hinzu: »Er ist noch jung und tut, was er will.«

»Ich mag ihn. Er ist süß.« Jenny beugte sich hinunter und streichelte ihn. Als Antwort wedelte der Hund mit dem Schwanz.

»Er wollte unbedingt zu dir!« Matthes lächelte.

Der Mann nahm den Dackel auf den Arm und ging mit ihm weiter zur Brücke in die Innenstadt. Wenig später folgten ihm die beiden Spaziergänger. Als sie den Pferdemarkt erreichten, klingelte Matthes' Telefon. Jennys Mutter war am Apparat.

»Danke, dass du gleich angerufen hast. Ich war noch unterwegs, deshalb melde ich mich erst jetzt. Es tut mir leid, dass Jenny dich immer wieder nervt. Ich fahre gleich los und hole sie ab.«

Montag, 3. Juni

In der Morgenbesprechung berichtete Gerd Matthes von der Vernehmung des verdächtigen Umweltaktivisten, den der Ermittler noch am Freitag nach Dienstschluss aufgesucht hatte. Armin Lampe hatte für den Tatabend kein Alibi. Er sei an dem Abend allein zuhause gewesen und habe ein Buch gelesen. Seine Fingerabdrücke stimmten aber nicht mit denen in Gesa Renkens Auto überein.

Britta Feindt zweifelte an seiner Unschuld. »Und wenn er es doch war und seine Fingerabdrücke beseitigt hat?«

»Möglich ist das schon. Es gibt aber bisher keinerlei Hiweise auf ihn. Falls er es war, stellt sich die Frage, von wem die Abdrücke sind.«

Am frühen Nachmittag meldete sich Nora Matthies bei der MoKo-Leiterin.

»Mir ist noch etwas eingefallen. In unser Café kam öfter ein Mann, der immer wieder versucht hat, Gesa in ein Gespräch zu verwickeln. Bis zu einem gewissen Grad hat sie sich darauf eingelassen, aber dann musste sie sich um die anderen Gäste kümmern und hat ihm das auch so gesagt. Wenn ich mich recht erinnere, war der ziemlich klein.«

Schmidt setze sich auf. »Wissen Sie, wie er heißt?«

»Nein, leider nicht. Mit mir hat er ja kaum gesprochen. Soweit ich mitbekommen habe, hat er Gesa viel von sich erzählt. Sie kannte wohl auch seinen Namen. Aber das hilft Ihnen sicher nicht weiter.« Nora Matthies' Stimme klang ratlos.

»Ich finde es gut, dass Sie sich an diesen Mann erinnert und sich bei uns gemeldet haben. Vielen Dank! Können Sie ihn denn etwas genauer beschreiben? Wie sieht er aus? Wie alt schätzen Sie ihn?«

Die Antwort kam zögerlich, war häufig unterbrochen von vielen Pausen. »So zwischen dreißig und vierzig. – Er hat ein rundliches Gesicht, ist mittelblond. – Die Haare gingen ihm etwas über die Ohren, waren aber schon ziemlich dünn. Der wird bald eine Glatze bekommen.«

»Wie ist seine Statur?«

»Nicht richtig schlank, aber auch nicht richtig dick.«

»Würden Sie ihn als untersetzt bezeichnen?«

»Ja, das könnte man so sagen.«

»Wie war er denn gekleidet?«

»Das ist mir aufgefallen. Er trug karierte Hemden und graue oder beige Stoffhosen. So was sieht man sonst nur bei älteren Herren. Deshalb kann ich sein Alter auch so schwer einschätzen.«

»Noch eine letzte Frage: Haben Sie eine Idee, wo er wohnt?«

»Nein, leider nicht.«

»Haben Sie mitbekommen, wie er ins Café kam, zu Fuß, per Rad oder Auto?«

»Hm, ich glaube, er kam mit dem Rad. Ich habe einmal gesehen, wie er es an der Hauswand abgestellt und abgeschlossen hat.

»Sie wissen also nicht, aus welcher Richtung er kam?«

»Nein.«

»Haben Sie ihn sonst noch im Ort gesehen?«

»Nein, nur im Café. Ich glaube auch nicht, dass er aus Estebrügge stammt. Ich wohne ja selbst hier und er ist mir sonst nie begegnet.«

Gisela Schmidt schickte ein paar Fotos von den Umweltaktivisten an Nora Matthes' Handy, aber sie erkannte niemanden.

Als Nora Matthies in der Polizeiinspektion erschien, stand bereits ein Mitarbeiter bereit, um mit ihr ein Phantombild des Verdächtigen zu erstellen. Nach einer guten halben Stunde war das Bild fertig und wurde an die bisher befragten Familienmitglieder, Freunde, die Fährangestellten und an das Osterholzer Polizeikommissariat verschickt, die vorab informiert worden waren.

Eggers rief gleich zurück.

»Was soll ich sagen, es könnte der Mann gewesen sein. Eher als der von der Umweltgruppe. Aber sicher bin ich mir nicht.«

Daraufhin besprachen Schmidt und Matthes die neuen Erkenntnisse.

»Wenn er mit dem Rad ins Café gekommen ist, wird er aus der Umgebung stammen. Wir werden ihn im Umkreis von zwanzig Kilometern suchen. Eine weitere Strecke wird er kaum zurückgelegt haben.«

Bevor sie sich in den Feierabend verabschiedeten, wandte sich Schmidt noch mal an ihren Kollegen.

»Ich war gestern am späten Nachmittag mit dem Rad unterwegs. Da habe ich Sie mit einem jungen Mädchen in den Wallanlagen gesehen. Ich wusste ja gar nicht, dass Sie eine Tochter haben.«

Überrascht schaute Matthes sie an und schüttelte den Kopf. »Nein, habe ich auch nicht.«

Er hielt einen Moment inne. »Ich war ein Jahr mit ihrer Mutter zusammen. Als wir die Ärztin in der Hamburger Uniklinik vernommen haben, hatte ich Ihnen kurz von ihr erzählt. Die Beziehung ging vor einem Jahr in die Brüche. Jenny war damals vierzehn. Sie hat es ihrer Mutter nicht verziehen, dass sie unsere Beziehung beendet hat. Denn Jenny hängt sehr an mir und sieht mich als ihren Ersatzvater.«

»Und wie geht es Ihnen mit der Rolle?«, fragte Schmidt vorsichtig.

Nachdenklich schaute Matthes aus dem Fenster. »Eher zwiespältig. Jenny ist recht schwierig, schwänzt häufig die Schule und treibt sich viel herum. Und sie hat Kontakt zu einigen fragwürdigen Gestalten, die auch Drogen nehmen. Ihre Mutter ist überfordert. Sie hat Jenny allein aufgezogen, der Tochter fehlt wirklich der Vater. Ich mag das Mädchen und möchte ihr auch helfen. In letzter Zeit reißt sie fast jeden Sonntag aus und taucht bei mir auf. Sie trampt von Hamburg nach Stade oder fährt schwarz mit dem Zug. Ich rufe jedes Mal ihre Mutter an, die sie dann abholt.«

»Sie scheinen Jenny etwas zu geben, sonst würde sie das nicht machen.« Schmidt sah ihren Kollegen ernst an. »Ich habe Sie ja nur kurz gesehen, wie sie beide auf der Bank an der Schwinge saßen. Das war wirklich wie Vater und Tochter. Jenny sah sehr zufrieden aus.«

Dienstag, 4. Juni

In der Teambesprechung wiesen Schmidt und Matthes den Teams die verschiedenen Ortschaften um Estebrügge zu, um dort Hinweise auf den Tatverdächtigen und seinen Aufenthaltsort zu sammeln. Die beiden Hauptkommissare übernahmen den Wohnort der Getöteten. Sie starteten bei Nora Matthies, die aufgeregt auf sie wartete. Auf ihren Wangen hatten sich hektische Flecken gebildet. »Ich konnte heute Nacht kaum schlafen. Die Vorstellung, dass dieser Mann der sein könnte, der Gesa umgebracht hat, ist einfach unglaublich!«

Schmidt versuchte sie zu beruhigen. »Das ist ja noch gar nicht sicher. Erst einmal müssen wir wissen, ob es sich bei Ihrem früheren Gast wirklich um den Begleiter Ihrer Chefin gehandelt hat. Er ist nicht zwangsläufig der Täter.«

Sie nickte zerstreut. »Sie können ja Recht haben. Ich habe aber so ein komisches Gefühl und glaube, dass er es ist.«

»Gibt es denn andere Zeugen, die ihn gesehen haben könnten? Jemand, der im Café aushalf, oder Gäste, die öfter kamen?«

»Ab und zu hat uns eine Schülerin beim Abwaschen ausgeholfen, sie blieb aber meistens in der Küche. Stammkunden hatten wir kaum. Das waren hauptsächlich Wochenendausflügler und Tagestouristen, die im Alten Land unterwegs waren.«

In den Estebrügger Geschäften befragten die Kriminalbeamten die Inhaber und Angestellten. Nur die Apothekerin vermutete, den Mann auf dem Phantombild schon einmal gesehen zu haben, war sich aber nicht sicher. »Wenn, dann liegt das schon einige Zeit zurück. Ich weiß auch nicht mehr, ob und wenn ja, was er gekauft hat.«

In der Zwischenzeit rief Bernd Schuback bei Ole Renken und den beiden Umweltaktivisten an und schickte ihnen das

Phantombild, doch sie kannten den Mann ebenfalls nicht. Auch die anderen Ermittler hatten keinen Erfolg gehabt. Matthes schüttelte entmutigt den Kopf. »Das ist wie verhext. Jetzt haben wir das Bild so vielen Leuten gezeigt, aber niemand kann sich an ihn erinnern! Er ist wie vom Erdboden verschwunden.«

»Warten wir doch erst einmal ab. Noch sind nicht alle Kollegen mit den Befragungen durch.«

Nachdem Schmidt und Matthes sich wieder ins Auto gesetzt hatten und die Rückfahrt nach Stade antreten wollten, klingelte Matthes' Telefon noch einmal. Britta Feindt war am Apparat. Sie bat die beiden zur Esteburg zu kommen. Dort gäbe es interessante Neuigkeiten.

Der Weg führte sie über die Estebrücke nach Moorende. Fünf Minuten später bogen sie in die Straße zur Obstbauversuchsanstalt ein. Gisela Schmidt staunte, als sie an einem prächtigen Herrenhaus vorbeifuhren. Vor dem großen Gebäudekomplex der Behörde wurden sie von ihrer Kollegin bereits erwartet.

»Haben Sie die Burg gesehen? Herrlich, nicht wahr? Das vermutet niemand, dass es hier so etwas gibt. Die Esteburg stammt aus der Spätrenaissance. Das hat mir der verantwortliche Mitarbeiter der Obstbauversuchsanstalt erzählt. Er erwartet uns.«

In einem nüchternen Büro empfing sie ein großer, schmaler Mann, der ihnen freundlich lächelnd einen Platz anbot.

»Besuch von der Polizei haben wir hier selten. Ihre Kollegin hat mir schon gesagt, nach wem Sie suchen. Ich will gleich zur Sache kommen, denn ich habe wenig Zeit. Es handelt sich bei dem Mann auf dem Foto wahrscheinlich um Robert Krüger. Er hat bei uns die Lehre zum Gärtner für Obstbau absolviert. Das liegt zwar schon einige Jahre zurück, aber ich kann mich noch gut an ihn erinnern. Denn er war sehr interessiert und engagiert, und hat einen richtig guten Abschluss gemacht. Leider weiß ich nicht, was aus ihm geworden ist.«

»Können Sie uns seine Adresse oder vielleicht auch andere Daten geben?«

»Darf ich das überhaupt? Auch bei uns gilt der Datenschutz!«

»Wir ermitteln hier nicht in einem Bagatellfall, sondern in einem Tötungsdelikt! Und Robert Krüger ist ein wichtiger Zeuge. Es wäre sehr hilfreich und würde uns Zeit sparen, wenn Sie uns die verlangten Daten von sich aus geben würden. Ansonsten sehen wir uns morgen hier mit einem Gerichtsbeschluss wieder.« Matthes' Stimme klang nachdrücklich.

Der Mitarbeiter der Obstbauversuchsanstalt hob beschwichtigend die Hände. »Ist ja gut«, öffnete seinen Laptop und rief die Datei der ehemaligen Lehrlinge auf. Als er fündig geworden war, druckte er die Seite aus und reichte sie Matthes. Dieser bedankte sich, überflog das Blatt und reichte es an seine Vorgesetzte weiter. Die war aber noch mit einem anderen Thema beschäftigt. »Können Sie mir bitte kurz erklären, was genau Sie hier machen?«

»Wir befassen uns mit den biologischen und marktwirtschaftlichen Fragen des Obstanbaus und unterstehen der Landwirtschaftskammer Niedersachsen. Dabei sind wir sehr breit aufgestellt. Wir beraten, bilden aus, bieten Fortbildungen an und forschen im konventionellen und ökologischen Obstbau.«

Nachdem sie das Bürogebäude verlassen hatten, nahm Schmidt erstmals die umliegenden Felder mit den vielen Apfelbaumreihen wahr. Matthes war ihrem Blick gefolgt.

»Das ganze Terrain gehört wohl zur Versuchsanstalt. Eigentlich eine gute Idee, sie hier im Alten Land einzurichten.«

Auf dem Parkplatz beugten sich die drei Ermittler über den Ausdruck. Darauf waren Vor- und Nachname, das Geburtsdatum sowie Krügers Adresse und Telefonnummer verzeichnet.

»Er wohnt in Grünendeich. Dort waren doch auch Kollegen von uns und haben niemanden gefunden, der ihn kennt.« Erstaunt richtete sich Feindt auf. »Wenn er da noch lebt. Die Daten sind ja mindestens fünf Jahre alt.«

Doch auf Nachfragen bei bei den Kollegen in der Zentrale, erhielten sie die Auskunft, dass Krüger noch unter der angegebenen Anschrift gemeldet war. Kurz entschlossen machten sie sich auf den Weg nach Grünendeich. An der Klingel neben der Eingangstür eines unscheinbaren Hauses stand sein Nachname. Der Summer ertönte, wenig später stand eine untersetzte Frau vor den Ermittlern und schaute sie erwartungsvoll an.

»Sie wünschen?«

»Sind Sie Frau Krüger?«, fragte Schmidt.

Sie nickte. »Und wer sind Sie?«

Die MoKo-Leiterin stellte sich und ihre Kollegen vor und zeigte den Dienstausweis. »Wir möchten gern Ihren Sohn sprechen. Ist er da?«

Irritiert starrte Frau Krüger sie an. »Was wollen Sie denn von ihm? Hat er was angestellt?«

»Nein, wir müssen ihn nur wegen einer Zeugenaussage befragen.«

Sie schien beruhigt und ließ die drei eintreten.

»Robert!«

Aus einem Zimmer am Ende des Flurs trat ein kleiner Mann, der eine große Ähnlichkeit mit dem Phantombild aufwies. Matthes fand, dass die Café-Angestellte ihn gut beschrieben hatte.

Robert Krüger schaute die Ermittler beunruhigt an, ging ihnen aber auf Anweisung seiner Mutter ins Wohnzimmer voraus. Als Schmidt die alte Dame bat, sie allein zu lassen, folgte sie der Aufforderung nur widerwillig. Es schien der MoKo-Leiterin, als nehme ihr Sohn dies erleichtert zur Kenntnis. Er wandte seine Aufmerksamkeit den Ermittlern zu.

»In welcher Beziehung standen Sie zu Gesa Renken?«

»Kenne ich nicht. Wer ist das?«

»Sie ist die Besitzerin des Cafés in Estebrügge. Dort wurden Sie des Öfteren gesehen. Wir haben erfahren, dass Sie sich gern mit Frau Renken unterhielten.«

Krüger nickte. »Jetzt weiß ich, wen Sie meinen. Ich hatte ihren Namen vergessen.«

»Sie wurden auch gesehen, wie Sie zusammen am 10. Mai in Lühe die Abendfähre von Schulau verließen und sich unterhaltend in Richtung Parkplatz gingen. Hatten Sie sich auf der Fähre getroffen?«

»Ja. Ich war ganz überrascht, sie dort zu sehen.«

»Was haben Sie dann gemacht?«

»Wir sind zum Parkplatz gegangen. Dort hatte sie ihr Auto und ich mein Fahrrad abgestellt. Sie ist vor mir losgefahren. Ich habe eine Weile gebraucht, bis ich mein Schloss aufgekriegt hatte, und hab mich dann auch auf den Heimweg gemacht.«

»Worüber haben Sie sich denn unterhalten?«

»Über ihr Café. Ich habe ihr gesagt, dass ich es dort sehr gemütlich finde und die Torten hervorragend schmecken.«

»Was haben Sie in Schulau gemacht?«

»Ich geh da gern spazieren. Das mache ich öfter.«

Auf der Rückfahrt schwiegen die Ermittler eine Weile, jeder hing seinen Gedanken nach.

Plötzlich musste Matthes scharf bremsen, da der Fahrer vor ihm in eine Einfahrt abbog, ohne zu blinken.

»Ein seltsames Paar.«

»Sie meinen Mutter und Sohn?« Gisela Schmidt schaute ihren Kollegen fragend an.

»Ja. Es ist ja wohl häufiger so, dass unverheiratete Männer noch zuhause wohnen, aber die beiden kommen mir ziemlich schräg vor. Zumal die Mutter das Sagen hat.«

Schmidt lächelte. »Sie haben Recht. Die alte Dame wäre gern bei der Vernehmung dabeigewesen, um ja nichts zu verpassen. Ich schätze, dass Herr Krüger keine Freundin hat und quasi mit Mama verheiratet ist. Da können schon Sehnsüchte nach einer Frau entstehen, die unerreichbar scheint.«

»Sie meinen nach Gesa Renken, zum Beispiel?«

»Genau.«

In der folgenden Sitzung berichtete Schmidt von der Vernehmung und fügte noch eine Anmerkung hinzu: »Was Robert Krüger gesagt hat, klingt plausibel. Wir werden allerdings kaum Zeugen finden, die seine Aussage bestätigen werden. Wie schon der Fährmann geschildert hat, waren nur noch wenige

Gäste auf dem Schiff und auf dem Parkplatz deshalb sicher wenig los.«

Matthes gab zu bedenken: »Nur ist Robert Krüger vermutlich der letzte gewesen, der Gesa Renken lebend gesehen hat. Und er wohnt nicht weit vom Fähranleger Lühesand entfernt, dem Ort, an dem sie getötet wurde.«

»Stimmt.« Schmidt runzelte die Stirn. »Wir sollten auf jeden Fall von Krüger die Fingerabdrücke nehmen lassen und sie mit denen aus dem Auto vergleichen. Dann haben wir Gewissheit.«

Mittwoch, 5. Juni

Krügers Mutter reagierte ärgerlich, als zwei Kriminaltechniker am frühen Morgen bei ihr klingelten und ihren Sohn sprechen wollten. Dieser war gerade dabei, sich auf den Weg zur Arbeit in einer Obstplantage zu machen. Nur widerwillig ließ er sich seine Fingerabdrücke abnehmen. Eine Stunde später stand fest, dass sie mit denen aus Gesa Renkens Auto übereinstimmten.

Der gelernte Gärtner für Obstanbau schien wenig überrascht, als er festgenommen und in die Polizeiinspektion gebracht wurde. Schmidt und Matthes nahmen ihn ins Verhör.

Er gab zu, in Gesa Renkens Auto mitgefahren zu sein. »Mein Rad hatte einen Platten. Und sie war so freundlich mich mitzunehmen und zu meiner Wohnung zu bringen.«

»Warum haben Sie bei der ersten Vernehmung nicht die Wahrheit gesagt?«

»Dann hätten sie gleich vermutet, dass ich es gewesen bin.«

»Und, waren Sie es?«

»Nein!«

»Was ist mit Ihrem Fahrrad passiert?«

»Das ist ein Klapprad. Wir haben es im Kofferraum verstaut und mitgenommen.«

Krügers Mutter bestätigte, dass ihr Sohn um Viertel nach sieben zuhause gewesen ist. Sie hatte noch aus dem Fenster geschaut und gesehen, wie die Frau weggefahren war.

»Ich glaube, er war es.« Frustriert lehnte sich Matthes zurück. »Er ist mit ihr mitgefahren, das hat er ja zugegeben, aber nicht zu ihm nach Hause. Unterwegs haben sie gehalten, vielleicht direkt am Anleger zur Fähre nach Lühesand. Es kam es zu einer Auseinandersetzung, in deren Folge sie stürzte und zu Tode kam.«

Seine Vorgesetzte sah ihn zweifelnd an. »Sie wollte doch selbst heim und hatte kein Interesse an Robert Krüger. Warum sollte sie mit ihm woanders hinfahren, anstatt ihn nach Hause zu bringen?«

»Sie wusste doch gar nicht, wo er wohnt. Er könnte sie nach Sandhörn gelotst haben. Dort haben sie angehalten und sind ausgestiegen, um den Kofferraum aufzumachen. In dem Moment hat er sie gebeten, ihn kurz zum Anleger zu begleiten. Er hätte ihr dort etwas Wichtiges mitzuteilen, nämlich dass er sie mit ihrem Liebhaber in Hamburg gesehen hat, und drohte ihr jetzt, ihrem Mann alles zu verraten. Für sein Schweigen wollte er nur ein bisschen Zuneigung. Sie war außer sich, hat ihn brüsk zurückgewiesen. Dann hat sie sich einfach umgedreht, um zu gehen. Er hat die Granitsteine auf dem Boden liegen gesehen, sich einen geschnappt und Gesa Renken damit auf den Hinterkopf geschlagen.«

Schmidt lächelte. »Ein spannendes Szenarium. Nur warum lotst er sie dann runter zum Anleger? Und ich glaube nicht, dass er bei der spontanen Tat Handschuhe anhatte, um Fingerabdrücke zu vermeiden. Und wie kommt die Leiche danach in die Apfelplantage? Wohl kaum mit dem Klapprad!«

»Zum Anleger wollte er, da sie dort ungestört waren. Nachher hat er sie in ihrem Auto zu den Apfelbäumen gebracht und dort abgelegt. Er ist selbst Obstbauer und den Bäumen sehr verbunden.«

»Die KTU hat an der Kleidung des Opfers Spuren von Grashalmen gefunden. Es gab aber keine im Wagen der Frau und auch kein Blut von der Kopfwunde.«

»Krüger könnte das Auto gereinigt haben. Außerdem haben die Kollegen bisher nicht gezielt nach diesen Spuren im Pkw gesucht, weil wir zunächst nicht davon ausgegangen sind, dass die Leiche in ihrem eigenen Auto transportiert worden ist.«

»Und die Aussage seiner Mutter, dass er um 19:15 Uhr zuhause angekommen ist? Und dass sie Gesa Renken noch hat wegfahren sehen?«

»Sie könnte ihrem Sohn zuliebe eine Falschaussage gemacht haben ...«

»Ich weiß nicht, das hört sich doch alles recht konstruiert an. Wenn er das Auto gereinigt hat, wieso hat er die Fingerabdrücke dann nicht weggewischt? Trotzdem soll sich die Kriminaltechnik das Auto noch einmal genauer vornehmen und auf Gras- und Blutspuren untersuchen. Und wir müssen noch mehr über den Hintergrund von Robert Krüger und seiner Mutter erfahren.«

Zurück in ihrem Büro ging die MoKo-Leiterin noch einmal die Ergebnisse der letzten Sitzung durch. Leise Zweifel an dem bisher Ermittelten meldeten sich in ihrem Kopf und setzten sich fest. Wenn nun Krügers Version stimmte, dass er nur mit Gesa Renken mitgefahren war? Dann müssten sie die Suche nach dem Täter oder der Täterin neu starten. Sie seufzte, lehnte sich zurück und schloss die Augen. In ihren Gedanken ging sie noch einmal alle Männer durch, mit denen Gesa Renken Kontakt gehabt hatte. Schließlich setzte sie sich auf und begann, eine Zusammenfassung der Ermittlungsergebnisse in ihren PC zu schreiben. Als Matthes in ihr Dienstzimmer trat, war sie gerade fertig geworden, hatte das Ergebnis ihrer Recherche ausgedruckt und auf den Schreibtisch gelegt.

»Im Moment ist Krüger unser Hauptverdächtiger. Falls er es doch nicht war, sind die anderen wieder mit im Spiel. Wir müssen allen Spuren folgen.«

Er sah sich die einzelnen Bilder der Männer an und las die Ausführungen dazu durch. Seine Vorgesetzte wartete, bis er seine handschriftlichen Ergänzungen hinzufügt hatte.

Gemeinsam hefteten sie die vergrößerten Ausdrucke im Besprechungszimmer an die Wand und Schmidt rief die Mordkommission zusammen.

»Lassen Sie uns noch einmal alle Verdächtigen durchgehen. Wen haben wir da alles? –

Unsere Nummer eins ist Robert Krüger, die letzte bekannte Kontaktperson, Motiv: verschmähte Liebe. Sein Alibi ist fragwürdig. Er gibt an, nach der Überfahrt von Schulau in ihrem Auto mitgefahren zu sein. Er könnte den Mord geplant oder Gesa Renken im Affekt getötet haben.

Nummer zwei: Ole Renken, der Ehemann. Motiv: Eifersucht. Er hat kein Alibi und könnte seine Frau nach der Rückkehr vom Schäferstündchen mit ihrem Liebhaber getötet und ihre Leiche in der Apfelplantage abgelegt haben. Wir sollten auf jeden Fall auch sein Auto auf Blut- und Gräserspuren überprüfen lassen. Für ihn als Täter spricht, dass er sich in der Gegend auskennt.

Nummer drei: Malte Lüders. Er war ihr Liebhaber und plante mit Gesa Renken eine neue Zukunft. Sein Motiv: Er hat Skrupel bekommen, wollte seine Frau und die Kinder doch nicht verlassen und das sichere Leben nicht aufgeben. Frau Renken wollte das nicht akzeptieren, es gab Streit, in dessen Verlauf er sie umbrachte. Gegen ihn als Täter spricht, dass er es zeitlich kaum schaffen konnte, in einer halben Stunde vom Fähranleger in Schulau auf die andere Elbseite ins Alte Land zu kommen. Wenn es aber stimmt, dass Gesa Renken zuerst Robert Krüger in Grünendeich abgeliefert hat, könnte Malte Lüders sie am Handy zu einer weiteren Aussprache überredet und sich noch einmal mit ihr auf dem Parkplatz am Imbiss Sandhörn getroffen haben. In der Folge ist es dort zu der Gewalttat gekommen.

Nummer vier: Peer Behrens, der Jugendfreund. Gesa Renken hat ihn immer wieder mal besucht, er verliebt sich neu in sie, doch sie erwidert seine Liebe nicht. Gegen ihn als Täter spricht, dass er eine weite Strecke aus dem Landkreis Osterholz ins Alte Land zurücklegen musste und schwerlich wissen konnte, dass Gesa Renken am Abend mit der Fähre aus Schulau kam. Es sei denn, er ist ihr die ganze Zeit gefolgt und hat abgewartet, bis sie Krüger in Grünendeich abgeliefert hatte. Seine Ehefrau hat angegeben, dass er den ganzen Abend zuhause gewesen ist.

Sie könnte ihm das Alibi aber auch gegeben haben, um ihn zu schützen.

Nummer fünf: Hans Geffken, der in der Jugend verschmähte Freund, das ergibt ein ähnliches Szenario wie bei Nummer 4. Kein Alibi, er lebt allein.

Nummer sechs: Armin Lampe, der Umweltaktivist. Er hatte auch kein Alibi, ist aber nur deshalb als Verdächtiger infrage gekommen, weil er als kleiner Mann dem Begleiter von der Fähre ähnlich schien. Wir kennen ihn aber jetzt und ein Motiv hat er auch nicht. Insofern können wir ihn wohl streichen.«

Nachdem alle der Zusammenfassung still gefolgt waren, ergriff Matthes das Wort: »Für mich ist die Reihenfolge absolut stimmig. Über unsere Nummer eins haben wir ausführlich gesprochen. Krüger ist unser Hauptverdächtiger, dann kommt der Ehemann. Bei dem Liebhaber bin ich mir nicht sicher. Warum sollte er zuerst einen schönen Tag mit Gesa Renken verbringen, ihr nach dem Abschied in Schulau mit dem Auto hinterherhetzen und sie umbringen? Alle anderen halte ich auch eher für unwahrscheinlich.«

Britta Feindt widersprach. »Wir sollten die anderen nicht außer acht lassen. Ich meine vor allem die beiden Jugendfreunde Behrens und Geffken.«

»Gut. Dann recherchiert ihr morgen bitte im Umfeld dieser Männer. Alles, was im Zusammenhang mit der Tat stehen könnte, ist wichtig.«

Donnerstag, 6. Juni

Am Morgen begannen die Mitarbeiter der Mordkommission mit den Nachforschungen. Jeder recherchierte jeweils zu einem Verdächtigen. Bisher war gegen keinen von ihnen ermittelt und niemand erkennungsdienstlich behandelt worden. Die Kriminalbeamten wurden aber im Internet und den Melderegistern fündig und trugen alle Informationen über die Männer zusammen. Kurz vor Dienstschluss trafen sie sich wie immer zu einer weiteren Sitzung.

Gerd Matthes berichtete über Robert Krüger: »Wir hatten ja schon einige Informationen aus der Obstversuchsanstalt in Moorende. 1990 in Grünendeich geboren, dort aufgewachsen und zur Schule gegangen, Abitur 2008, vier Semester Studium der Umweltwissenschaften in Lüneburg, 2012 abgebrochen, 2013 bis 2015 Lehre zum Gärtner für Obstanbau in Moorende, super Abschluss. Danach Anstellung in einem Apfelanbaubetrieb in Jork. Dort arbeitet er noch immer. Ich habe bei seinem Chef nachgefragt: Er ist zufrieden mit seinem Gesellen. Krüger hat gutes Fachwissen und konnte dazu beitragen, dass der Ertrag in den letzten Jahren konstant zugenommen hat. Allerdings ist er wohl ein ziemlicher Eigenbrötler und geht den anderen Mitarbeitern weitgehend aus dem Weg. Er nimmt auch nur ungern an Betriebsfeiern teil. Wenn er kommt, dann immer allein. Der Apfelbauer vermutet, dass er keine Freundin hat, und kennt auch Krügers Mutter. Sie bringt ihm oft sein Mittagessen. Von dem Apfelbauern Peter Beckmann weiß ich auch, dass Krüger einen eigenen Garten mit einer kleinen Laube in der Nähe von

Grünendeich besitzt, die hat seinem früh verstorbenen Vater gehört. Auf der Parzelle sollten wir uns mal umsehen!«

»Er ist noch keine dreißig Jahre alt?«

Schmidt staunte.

»Den hätte ich älter geschätzt. Kein Wunder bei der seltsamen Frisur und der altmodischen Kleidung. Ich wette, die hat ihm seine Mutter ausgesucht. – Und dann verliebt er sich in eine Frau, die zehn Jahre älter ist als er selbst.«

Sie lächelte. »Dabei sieht sie seiner Mutter überhaupt nicht ähnlich.« Wieder ernst fügte sie hinzu: »Diesen Garten und die Laube sollten Sie sich umgehend ansehen. Vielleicht finden wir dort Hinweise, die uns weiterbringen.«

Matthes blätterte in einem Stapel Papiere. »Die Kriminaltechnik hat die Autos von Gesa und Ole Renken auf Gras-, Blut- und DNA-Spuren untersucht. Alles Fehlanzeige. Das beweist allerdings nicht, dass sie nicht doch in einem der Fahrzeuge transportiert worden ist. Der Täter könnte eine Decke oder etwas anderes untergelegt und damit Glück gehabt haben, keine auch noch so winzige Spur zu hinterlassen.«

Jan Lühs schilderte, was er über Ole Renken herausgefunden hatte. Er stammte aus der Nähe von Kiel und hatte Gesa Semken an der Uni kennengelernt. Beide hatten drei Jahre später in Hamburg geheiratet und ihre erste gemeinsame Wohnung bezogen. Nach zwei Jahren wurde Max, nach fünf Jahren Anna geboren. »Renken hat als junger Ingenieur bei Airbus angefangen, wo er heute eine Forschungsabteilung leitet. Im Internet bin ich auf ein älteres Bild von ihm mit einem Tennisschläger in der einen und einem Pokal in der anderen Hand gestoßen.

Anscheinend hat er in einem Hamburger Tennisclub einige Preise abgeräumt. Außerdem spielt er Golf!«

»Was?« Schmidt hob erstaunt den Kopf. »Ich dachte, der ist mit seinem Beruf verheiratet?«

»Das stimmt, aber der Golfklub in Buxtehude ist wohl ein weiterer Grund, warum er so wenig Zeit für seine Familie hatte. Seine Frau ist dort übrigens nicht angemeldet.«

»Dem sollten Sie unbedingt weiter nachgehen. Bringen Sie bitte in Erfahrung, mit wem er dort Kontakt hatte.«

Hanne Beckmann hatte Nachforschungen zu Malte Lüders angestellt. Nach dem Studium der Erziehungswissenschaften, Germanistik und Sport in Bremen arbeitet er seit gut fünfzehn Jahren als Gymnasiallehrer in Bremervörde.

»Auf der Schulhomepage wird er als Vertrauenslehrer aufgeführt. Verheiratet seit zwölf Jahren mit Heike Lüders, zwei Kinder im Alter von acht und drei Jahren. Fotos im Internet zeigen ihn als Trainer der Badminton-Jugendgruppe eines Bremervörder Sportvereins. Außerdem ist er Mitglied in einem Vokalquartett, das öfter Auftritte hat.«

»Er ist doch wirklich gut eingebunden in seinem Ort«, staunte Lühs. »Warum wollte er das alles aufgeben?«

»So viel Engagement kann auch schnell zu viel werden.« Beckmann sah nachdenklich auf ihre Aufzeichnungen. »Und einengen. Da wollte er sein Leben mit der schönen, lebendigen Gesa noch mal ganz neu anfangen.«

»Vielleicht hat er doch Skrupel bekommen und wollte alles rückgängig machen.« Feindt suchte das Tatmotiv. »Sie war nicht einverstanden und es kam zum Streit.«

Unwillig schüttelte die MoKo-Leiterin den Kopf. »Das hatten wir schon, ist aber reine Spekulation. Gibt es noch etwas, das uns weiterhilft?«

Beckmann nickte. »Sein Großvater mütterlicherseits besaß tatsächlich einen metallverarbeitenden Betrieb und ist im letzten Jahr gestorben. Dann kann das mit dem Erbe also stimmen, dass er das Geld in den Kauf und den Umbau des Hotels stecken wollte. Aber ich habe herausgefunden, dass er gerade ein Einfamilienhaus in Bremervörde erworben hat. War der Betrag, den sein Großvater ihm hinterlassen hat, so groß, dass er das auch noch stemmen kann? Und warum macht er das, wenn er mit Gesa Renken ein neues Leben anfangen will?«

»Gute Frage. Bitte versuchen Sie das herauszubekommen.«

Schmidt wandte sich an Feindt: »Was haben Sie über Peer Behrens herausbekommen?«

Diese sah kurz in ihre Unterlagen. »Kurz zusammengefasst: Peer Behrens war in seiner Jugend drei Jahre mit Gesa Renken zusammen. Nach dem Abi hat er in Bremen Wirtschaftswissenschaften studiert und ist jetzt leitender Angestellter in einem Bremer Weinhandel. In dieser Funktion findet sich viel über ihn im Internet. Seit acht Jahren verheiratet, drei Kinder im Alter von drei, fünf und sieben Jahren. Wirtschaftlich ist er gut gestellt und hat vor vier Jahren ein Haus in Lilienthal gebaut. Hört sich alles perfekt an. Bisher konnte ich nichts finden, was die Idylle stört und auf ein Motiv hinweist.« Enttäuscht lehnte sich Feindt zurück.

»Danke. Bleibt noch Hans Geffken.«

Schuback nickte. Wie so häufig klang seine Stimme zu Beginn belegt.

»Hans Geffken hat nach dem Abitur eine Lehre in einer Bank absolviert und ist dort bis heute als Anlageberater beschäftigt. Mit Beziehungen hat er bisher kein Glück gehabt. Eine Ehe wurde nach zwei Jahren geschieden, ein zweiter Versuch scheiterte nach einem halben Jahr. Seither lebt er allein. Im Internet habe ich einen Hinweis auf die Mitgliedschaft in einem Fahrradclub gefunden. Es gibt einige Bilder seiner Gruppe, sie sind offenbar viel miteinander unterwegs und machen größere Touren. Ich habe mit einem der Radler telefoniert, dessen Namen ich ebenfalls auf der Webseite des Vereins gefunden habe. Er hat mir erzählt, dass Geffken eine Tante in Horneburg hat, Britta Paulsen, die er öfter besucht. Sie ist wohl schon älter. Ich bin noch nicht dazu gekommen, sie ausfindig zu machen und zu fragen, ob ihr Neffe an dem Wochenende bei ihr war.«

»Das ist eine interessante Spur.« Schmidt nickte dem Kommissaranwärter anerkennend zu und schaute in die Runde. »Da haben wir ja einige neue Ansätze für weitere Ermittlungen. Morgen kurz vor Dienstschluss treffen wir uns noch einmal, und ich hoffe, dass wir dann weitergekommen sind.«

Freitag, 7. Juni

Gerd Matthes hielt vor einem Fachwerkhaus im Zentrum von Horneburg. Gisela Schmidt blieb wenig Zeit, sich das alte Gebäude anzusehen. Ihrem Blick folgend meinte ihr Kollege lächelnd: »Wir können uns ja nachher noch mal hier umschauen. Und gegenüber gibt es eine Eisdiele, die sehr zu empfehlen ist!«

Die MoKo-Leiterin nickte und folgte ihm zur Haustür. Im zweiten Stock öffnete ihnen eine rüstige weißhaarige Rentnerin, gekleidet in Jeans und eine bunt gemusterte Bluse. Schmidt schätzte sie auf Mitte siebzig.

Nach ihrem Neffen Hans Geffken gefragt, berichtete sie stolz: »Wir hatten schon immer ein besonderes Verhältnis. Kein Wunder, denn mein Bruder hat am Anfang noch mit seiner Frau und dem Kleinen mit in unserem Elternhaus gewohnt. Nach meiner Hochzeit bin ich dann zu meinem Mann nach Horneburg gezogen. Unsere Ehe blieb leider kinderlos, daher haben wir uns gefreut, wenn Hans uns besuchte. In seiner Schulzeit war das nicht mehr so oft. Da fuhr der Moorexpress dann nicht mehr und er konnte nur über Bremen und Hamburg mit dem Zug nach Stade kommen, wo wir ihn abholen mussten. Seit er ein eigenes Auto hatte, war er wieder häufiger bei uns. Und jetzt, nach dem Tod meines Mannes, besucht er mich regelmäßig.«

»War er auch am 10./11. Mai bei Ihnen?«

»Das war vor einem Monat. Da muss ich mal nachsehen.« Britta Paulsen holte ihren Taschenkalender und schaute hinein. »Nein, an dem Wochenende war er nicht hier. Warum fragen Sie?«

Schmidt übernahm die Antwort. »Wir ermitteln aktuell in einem Fall, in dem Ihr Neffe eine bestimmte Person gekannt hat. Hat er Ihnen gegenüber einmal den Namen Gesa Semken oder Gesa Renken erwähnt?«

Die Dame dachte nach. »Von einer Gesa hat er mal erzählt. Ich glaube, als er bei der Freilichtbühne gespielt hat. Könnte sie das sein?«

Schmidt nickte. »Ich glaube, er mochte sie sehr gern. Aber sie war anscheinend nicht an ihm interessiert.«

Lächelnd fügte Britta Paulsen hinzu: »Da war er noch sehr jung. Er war immer recht schüchtern.«

»Hat er sie denn später noch mal getroffen?«

»Nicht dass ich wüsste.«

*

Im Golfclub Buxtehude hatten sich die Oberkommissare Lühs und Feindt mit dem ersten Vorsitzenden des Vereins verabredet. Er konnte nur Positives über Ole Renken berichten.

»Ein guter Spieler, der ständig an seinem Handicap arbeitet. Meist macht er seine Runde auf dem Green mit Doris Meier. Sie ist wie er in leitender Stellung bei Airbus tätig.«

Am späten Nachmittag warteten die Ermittler in einem Café in Cranz auf Renkens Kollegin. Sie kam etwa eine Viertelstunde zu spät und trug ein gut sitzendes dunkelblaues Kostüm und Pumps. Mit wiegendem Schritt kam sie auf die Wartenden zu und strich ihr dunkles Haar aus dem Gesicht.

»Was kann ich für Sie tun?«, fragte sie leicht genervt und blickte von oben herab auf die Ermittler.

Auf Ole Renken angesprochen zuckte sie kurz zusammen, fing sich aber gleich wieder.

»Er ist ein guter Kollege.« Sie hielt die Antwort knapp.

»Sie spielen häufig Golf zusammen?«

Sie nickte.

»Und? Warum fragen Sie das?«

»Wir vermuten, dass Sie in einem wesentlich engeren Verhältnis zueinander standen oder noch stehen. Und wenn Sie vermeiden möchten, dass wir tiefer in Ihrem privaten und beruflichen Umfeld ermitteln, sollten Sie uns lieber gleich eine ehrliche Antwort geben …«

Wütend schaute sie die Ermittler an. »Ja, wir schlafen gelegentlich miteinander. Ist das jetzt alles?«

»Wusste Frau Renken von Ihrem Verhältnis?«

»Keine Ahnung. Es interessiert mich auch nicht.«

»Sie wissen sicherlich, dass sie tot ist?«

Doris Meier schaute zu Boden. »Ja, das hat Ole mir erzählt.«

»Und wie hat er dabei auf Sie gewirkt?«

»Sehr betroffen.« Die Frau schaute Lühs ernst an. Ihre Wut war verraucht.

»Ich glaube, er hat sie wirklich geliebt.«

»Und hat gleichzeitig ein Verhältnis mit Ihnen?«, fragte Britta Feindt ungläubig.

»Das ist kein Widerspruch. Wir tauschen uns über unsere Arbeit aus, spielen regelmäßig eine Runde Golf und haben anschließend Sex. Mehr ist da nicht!«

*

Malte Lüders hatte Gerd Matthes darum gebeten, sich an einem neutralen Ort in Bremervörde zu treffen. Seine Frau sollte von ihrem Gespräch nichts mitbekommen. Nervös um sich blickend ging der Lehrer auf Gisela Schmidt und ihren Kollegen zu. Sie setzten sich auf eine Bank am Vörder See.

Schmidt kam gleich zur Sache. »Wir haben festgestellt, dass Sie vor kurzem ein Einfamilienhaus hier im Ort gekauft haben. Wie lässt sich das mit Ihrem Plan vereinbaren, mit Gesa Renken das Hotel im Alten Land zu erwerben und umbauen zu lassen?«

Erschrocken sah Lüders die Ermittlerin an. »Das sollte zur Absicherung meiner Frau und der Kinder dienen. Das gemeinsame Haus hätte sie behalten und das neue vermieten können.«

»Wäre denn genug Kapital für Ihr gemeinsames Projekt übrig geblieben?«

»Für's erste schon. Dann war da ja auch noch das Café, das sie verkaufen wollte.«

Schmidt und Matthes wechselten einen Blick. Der Ermittler setzte die Befragung fort. »Wir nehmen mal an, dass Ihre Frau immer noch nichts von Ihren Plänen mit Gesa Renken weiß?«

»Warum auch?« Lüders Stimme klang traurig. »Jetzt macht es auch keinen Sinn mehr, dass sie davon erfährt.«

»Das kommt Ihnen sicher nicht ungelegen.«

»Wie meinen Sie das?« Der Lehrer richtete sich auf.

»Alles kann beim Alten bleiben, Sie müssen Ihre Familie nicht aufgeben.«

Ungläubig schüttelte Lüders den Kopf. »Sie meinen doch wohl nicht, dass ich mich über Gesas Tod freue! Wir hatten ein gemeinsames Leben geplant!«

»Das wissen wir. Wann wollten Sie es denn Ihrer Frau und den Kindern sagen?«

»Ich war kurz davor. Aber dann war Gesa verschwunden und ich habe in der Zeitung gelesen, dass eine Leiche in der Apfelplantage gefunden wurde. Das sagte ich Ihnen ja bereits.«

Gisela Schmidt war entschlossen, sich Krügers Parzelle näher anzusehen und hatte sich bei der zuständigen Staatsanwaltschaft einen Durchsuchungsbeschluss besorgt.

»Wonach suchen wir eigentlich?«, fragte einer der Kriminaltechniker vor der Abfahrt.

»Nach allem, in das die Leiche für den Transport im Auto eingewickelt oder eingepackt gewesen sein könnte samt Anhaftungen von Blut und Gras. Und nach Kleidungsstücken mit Blutflecken. Auch nach nicht abgesandten Briefen an Gesa Renken, Tagebüchern und oder anderen Aufzeichnungen.«

Unter den argwöhnischen Augen des Gärtners und den aufmerksamen Blicken des als Durchsuchungszeugen hinzugezogenen Beamten der Gemeindeverwaltung sahen sie sich in der Laube und im Garten um. Schmidt und Matthes überprüften die Schubladen, Regale und Schränke in dem kleinen Haus, die Kriminaltechniker die Mülltonnen und den Komposthaufen. Auch suchten sie nach Anzeichen für vergrabene Gegenstände im Boden. Jedoch ohne Erfolg.

Gerade als Schmidt das Kommando zum Abzug gegeben hatte und sie die Parzelle wieder verlassen wollten, machte einer der Kriminaltechniker auf sich aufmerksam. Triumphierend hielt er etwas hoch, das in eine Plastiktüte eingepackt war. Er hatte es in einer hölzernen Truhe unter Decken und Gartenstuhlauflagen entdeckt. »Hier, seht euch das an!«

Matthes nahm die Tüte und brachte sie zu Schmidt, die sie öffnete und ein Heft mit einem festen Einband herausholte. Vorsichtig öffnete sie es und sichtete die darin enthaltenen handschriftlichen Unterlagen. Der deprimierte Krüger antwortete auf Schmidts Frage, ob das sein Heft wäre und alles, was darin verzeichnet sei, von ihm stamme, mit einem kurzen: »Ja.«

Zurück in Stade präsentierte Schmidt das Heft der Mordkommission. Matthes hatte einige Seiten fotografiert und an die Wand projiziert. In den handschriftlichen Einträgen berichtete Krüger von seinen Besuchen im Café und beschrieb wortwörtlich die Begegnungen mit Gesa Renken. Beeindruckend waren die Porträts, die er von ihr gezeichnet hatte.

»Sie sehen, er war total in sie verliebt. Niemand hat es mitbekommen.«

Hanne Beckmann deutete begeistert auf die vergrößerten Zeichnungen. »Der ist ja richtig begabt!«

»Und was sagt uns das jetzt über ihn als mutmaßlichen Täter?« Die MoKo-Leiterin schaute fragend in die Runde.

Die Kollegen schwiegen. Als erster meldete sich der Jüngste, Bernd Schuback. Wie immer klang seine Stimme am Anfang unsicher. »Dass der Gärtner Gesa Renken so sehr verehrte, reicht allein nicht aus, um ihn als Täter zu überführen. Da bräuchten wir andere Beweise. «

Seine Vorgesetzte nickte. »Und was ist mit Lüders?«

Matthes zuckte mit den Achseln. »Mir tut der Lehrer leid. Wenn es stimmt, was er sagt, und er seine Frau nach der Trennung mit dem neu gekauften Haus absichern wollte, dann hat er sich richtig Gedanken um ihre Zukunft gemacht. Und er hatte anscheinend Skrupel und Angst davor, ihr seine Trennungsabsichten mitzuteilen.«

»Ich bleibe dabei, er wollte einen Rückzieher machen. Auf der Rückfahrt von Schulau nach Bremervörde wurde ihm das klar und er hat sie angerufen und gebeten, ihn noch einmal zu sehen. Sie haben sich auf dem einsamen Parkplatz bei dem Imbiss getroffen. Sie war außer sich und schrie und er wollte sie zum Schweigen bringen.« Britta Feindt lehnte sich zurück und lächelte selbstzufrieden.

»Möglich«, sagte Schmidt knapp.

»Und der Ehemann der Getöteten?«

Matthes übernahm das Wort. »Jetzt ist klar, dass nicht nur seine Frau fremdging. Die waren schon ein besonderes Ehepaar! Wenn es stimmt, was Frau Meier gesagt hat, hatte Herr Renken nicht vor, sich von seiner Frau zu trennen. Für ihn war es das ideale Arrangement, berufliche Karriere, Vorzeigefamilie und Geliebte. Fürs Golfspielen und die Schäferstündchen blieb ihm neben der Arbeit noch genug Zeit. Dass er beruflich zu sehr belastet gewesen ist, um seine Frau zu unterstützen, stimmt ja wohl nicht. So wollte er gar nicht wahrnehmen, wie es seiner Frau wirklich ging, und dass sie mit Haushalt und Kinderversorgung überfordert war. Warum sollte er sie da umbringen?«

Dieses Mal schien Beckmann die Antwort zu kennen. »Weil er dahinter gekommen war, dass sie ihn verlassen wollte? Und er sie nicht verlieren wollte?«

Schmidt schüttelte den Kopf. »Dann war Eifersucht das Motiv. Das passt aber nicht zu dem, was wir gerade über das Paar erfahren haben. Denn es war ja eben nicht mehr die große Liebe, die die beiden verband.«

Über Hans Geffken teilte die MoKo-Leiterin selbst ihre Einschätzung mit. »Nach Aussage seiner Tante hatte er ein besonderes Verhältnis zu ihr und hatte seiner Tante auch von seiner Schwärmerei zu Gesa Renken, damals noch Gesa Semken, erzählt. Jetzt scheint sie aber kein Thema mehr für ihn zu sein. Oder er behielt das für sich. Wie auch immer, an dem Wochenende, an dem Gesa Renken ermordet wurde, war er nicht bei seiner Tante. Er kennt sich aber in der Gegend aus. Er hätte seine Jugendliebe hier wiedersehen und ihr auf ihrer Tour nach Hamburg gefolgt sein können. Ob er dann aber auch noch hinter ihr hergefahren ist und gewartet hat, bis sie den Gärtner nach Hause gebracht hat, um sie dann irgendwo abzufangen und umzubringen? Das scheint mir zwar möglich, aber doch sehr unwahrscheinlich.«

Samstag, 8. Juni

Jenny traf wie verabredet um zehn Uhr im Stader Bahnhof ein. Gerd Matthes holte sie ab und stellte erfreut fest, dass sie ihre Augen dieses Mal nicht schwarz umrandet, ihre Haare gekämmt und zu einem Pferdeschwanz zurückgebunden hatte. Zwar trug sie wieder eine löchrige Jeans, aber auch, wie von ihm bei der Einladung gefordert, Turnschuhe mit einer rutschfesten Gummisohle. Sie fuhren zum Jachthafen, wo sie ohne Widerspruch die Rettungsweste anlegte. Unsicher betrat sie das kleine Segelboot und nahm den ihr zugewiesenen Platz ein. Still sah sie zu, wie Gerd die Leinen losmachte, den Motor anließ und das

Boot an den Rand des Stegs manövrierte. Hier half sie ihm, das Segel zu hissen. Es wehte eine sanfte Brise, so dass das Boot nur langsam Fahrt aufnahm. Neben ihm sitzend durfte Jenny nach kurzer Zeit das Boot selbst steuern.

Als sie die Elbe erreichten und gegen den Wind kreuzen mussten, übernahm er wieder. Sie suchte sich festen Halt und immer, wenn er das Boot in eine andere Richtung manövrierte, hielt sie für kurze Zeit den Atem an.

Sie erreichten den Jachthafen Grünendeich und Gerd legte an. Erleichtert und mit wackeligen Beinen verließ Jenny das Boot und setzte sich auf eine Bank. Nachdem er sein Boot festgemacht hatte, folgte ihr Gerd mit einem Picknickkorb. Jenny griff herzhaft zu und verspeiste einige Brote. Es wurde ihr warm in der Mittagssonne und sie zog die Schwimmweste und den weiten Pullover aus. Darunter trug sie ein dunkelblaues T-Shirt, das weniger formlos wirkte als ihre übliche Kleidung. Als sie satt war, seufzte sie zufrieden.

»Noch ein Eis?«

Sie nickte und ging mit ihm zu dem nahe gelegenen Kiosk.

Noch einmal setzten sie sich auf die Bank.

»Wie geht's zuhause?«, fragte Gerd.

»Geht so.« Sie schien nicht sehr zum Sprechen aufgelegt.

»Was machst du so außerhalb der Schule?«

Sie zuckte mit den Schultern. »Wie immer, mit meinen Freunden abhängen. Ach ja, und ich war im Tierheim. Ich kann da ab und zu helfen.«

Auf der Rückfahrt konnten sie mit dem Wind segeln und erreichten schnell die Schwingemündung. Am Liegeplatz angekommen machte Jenny das Boot selbst fest und Gerd brachte sie zum Bahnhof. Bevor sie in den Zug stieg, wandte sie sich noch einmal um und strahlte.

»Danke Gerd. Das war ein toller Tag!«

Sonntag, 9. Juni

Gisela Schmidt stieg von ihrem Rad und schaute sich suchend um. Endlich fand sie die Hausnummer und entdeckte den Namen auf dem Briefkasten. Bevor sie klingeln konnte, öffnete sich die Haustür und zwei Kinder stürmten heraus. Ein etwa elfjähriger Junge, gefolgt von einem vielleicht zehnjährigen Mädchen, lief an der Besucherin vorbei und eilten beide den Gehweg hinauf in Richtung Innenstadt.

Hanne Beckmann trat aus dem Haus und rief ihnen nach: »Kommt nicht so spät wieder!«

Es war nicht sicher, ob ihre Kinder sie noch gehört hatten, denn sie setzten ihren Weg unbeirrt fort.

»Kinder!«, stöhnte die Oberkommissarin, lächelte aber und begrüßte ihre Vorgesetzte.

»Emma und Paul besuchen ihren Vater. Der hat sie zu einer Tour in einen Kletterpark eingeladen. Deshalb haben sie es so eilig und wir unsere Ruhe.« Sie streckte ihre Hand aus und grinste. »Schön, dass Sie gekommen sind.«

Auf der Terrasse des kleinen Reihenhausgartens war der Tisch gedeckt. Bis die Teekanne geleert und der Kuchen gegessen war, hatte Schmidt einiges aus dem Alltag der alleinerziehenden Mitarbeiterin erfahren. »Sie wachsen mir bald über den Kopf.

Das ist eine echte Herausforderung. Gleichzeitig ist es aber auch schön, dass ich mich immer besser mit ihnen auseinandersetzen kann.«

Schmidt stellte für sich fest, dass die Kinder ihre Mutter wirklich bald in der Größe eingeholt haben würden. Die gebürtige Verdenerin berichtete von ihren eigenen Erfahrungen als alleinerziehende Mutter und ihrem schlechten Gewissen, bei längeren Einsätzen ihre Tochter allein zuhause gelassen zu haben. Wie Beckmann hatte sie stets viel Wert auf ein vertrauensvolles Verhältnis zu ihrem Exmann gelegt, der einsprang, so oft er konnte, und Katrin jedes zweite Wochenende zu sich nahm.

Es klingelte. Die Hausherrin sprang auf und lief zur Haustür. Wenig später kehrte sie in Begleitung einer Frau zurück, die eine ähnliche Kurzhaarfrisur trug wie Beckmann.

Strahlend stellte sie die Besucherin vor: »Das ist Nicole, meine neue Freundin.«

Montag, 10. Juni

Nachdenklich lehnte sich Hanne Beckmann in der Morgenbesprechung zurück.

»Eifersucht hat doch viel Ähnlichkeit mit einem Grippe-Virus.«

»Wie meinen Sie das?« Gisela Schmidt schaute sie fragend an.

»Na ja, sie überfällt die Betreffenden plötzlich und macht sich in ihren Gedanken breit. Dockt ans Bewusstsein an und lässt kaum Platz für andere Gedanken. Sie macht Eifersüchtige richtig fertig und lässt sie nachts nicht mehr schlafen. Damit werden sie geschwächt und schließlich krank. Man kann es auch so ausdrücken: Das Eifersuchtsvirus benutzt den Menschen wie einen Wirt, um sich in ihm breit zu machen und seine Gefühle und Gedanken zu dominieren.«

»Oder die Person bekommt soviel Wut, dass sie zur Waffe greift und zum Mörder wird.«

Britta Feindt war wieder bei ihrem Thema.

»Statistisch gesehen ist es wohl eher ein Mann.« Jan Lühs richtete sich auf. »Jeden Tag versucht in Deutschland ein Mann seine Frau zu töten und an jedem dritten Tag gelingt es.«

»Das ist doch unglaublich. Im 21. Jahrhundert!«

»Und was ist mit den Verdächtigen, die in unsere Getötete verliebt waren? Von ihnen hat keiner den Ehemann umgebracht«, wandte Bernd Schuback ein.

»Bei denen ging es nicht so sehr um Eifersucht. Dafür war der Ehemann zu weit weg. Es ging eher um die Kränkung, dass Gesa Renken ihre Liebe nicht erwidert hat. Und so eine Kränkung kann auch zu einer heftigen Wut führen.«

Beckmann führte ihre These weiter aus: »Eifersucht hat immer auch etwas mit Kränkung zu tun. Das Gefühl, nicht oder nicht mehr geliebt oder anerkannt zu werden. Das kann zu einer unglaublichen ohnmächtigen Wut führen. Das ist wie ein Virus, der den Betreffenden immer wieder quält und innerlich aushöhlt.«

Die MoKo-Leiterin konnte dem Gespräch nicht mehr folgen. Plötzlich waren in ihr Bilder aufgestiegen, die mit unangenehmen Gefühlen verbunden waren. Sie sah sich in ihrem Haus in Verden, wie sie noch vor einem halben Jahr am PC gesessen und nach Sabine Köster gegoogelt hatte. Auf der Webseite der

Altmann-Reederei war sie fündig geworden. Schmidt hatte gelesen, dass Peter Kösters Noch-Ehefrau inzwischen den väterlichen Betrieb übernommen hatte und ihn erfolgreich weiterführte. Auf dem Foto sah Schmidt eine attraktive Frau mit langen rotblonden Haaren im Business-Kostüm, schlank und dennoch weiblich, die selbstbewusst in die Kamera lächelte. Die Erkenntnis, gegen diese Frau keine Chance zu haben, hatte sie mitten ins Herz getroffen. Seither erschien Sabine Kösters Bild immer wieder vor ihrem inneren Auge. Kein Wunder, dass Peter nicht zu ihr nach Verden ziehen wollte, ihre Beziehung keine Zukunft hatte. Letztlich war ihr Umzug nach Stade auch ein Versuch, dem Osterholzer Kollegen nicht mehr zu begegnen und damit die Kränkung zu überwinden. Das war ihr allerdings noch nicht wirklich gelungen. Allerdings hätte sie ihn oder seine Frau niemals umbringen können!

Mit aller Kraft zwang sie sich, zum Dialog ihrer Kollegen zurückzukehren.

»Das ist eine interessante These. Welcher unserer Verdächtigen könnte denn da besonders betroffen sein?«, fragte sie.

Beckmann wiegte ihren Kopf. »Robert Krüger fällt mir als erster ein. Und als zweiter Hans Geffken. Beide sind alleinstehend und haben mit Frauen nur wenig oder bisher gar kein Glück gehabt. Da ist es gut möglich, dass sie sich in ihrer Fantasie ständig mit Gesa Renken beschäftigt und die Rolle ihres Liebhabers angenommen haben.«

Schmidt griff in Gedanken noch einmal auf ihre eigenen Erfahrungen zurück und versuchte, sich in die einzelnen Beteiligten des Falls zu versetzen. Plötzlich kam ihr eine Idee.

»Wenn das Motiv tatsächlich Eifersucht oder Kränkung ist, sollten wir den Kreis der Verdächtigungen doch noch weiter öffnen.«

Dienstag, 11. Juni

Dieses Mal fuhren Gisela Schmidt und Gerd Matthes ohne Voranmeldung nach Bremervörde. Begleitet wurden sie von zwei Kriminaltechnikern ihrer Dienststelle. Eine blasse, sehr schmale Frau öffnete die Tür und starrte sie erschrocken an.

»Frau Lüders?«, fragte Gisela Schmidt.

Die Frau nickte.

»Wir sind von der Mordkommission der Polizeiinspektion Stade und möchten gern mit Ihnen sprechen.«

»Mein Mann ist noch in der Schule.« Ihre Stimme klang sehr leise.

»Das macht nichts. Wir kommen ja auch zu Ihnen.«

Wortlos ging die Frau voran und setzte sich an den Esstisch im Wohnzimmer. Nachdem ihr alle gefolgt waren, ergriff Schmidt das Wort. »Wir haben auf dem Parkplatz in Sandhörn an der Elbe Reifenspuren des auf sie zugelassenen Polos gefunden und außerdem Reifenspuren des Passats Ihres Mannes. Können Sie bitte schildern, was dort passiert ist?«

Heike Lüders' Augen füllten sich mit Tränen, sie atmete tief durch und begann zu erzählen.

Gerade als sie fertig war, öffnete sich die Haustür und ihr Mann trat ein, gefolgt von den Kindern.

Entsetzt schaute er erst seine Frau und dann die Ermittler an.

»Was machen Sie denn hier?« Seine Stimme klang zornig. »Ich habe Ihnen doch gesagt, Sie sollen meine Frau da raushalten!« Die Kinder fingen an zu weinen und klammerten sich an ihren Vater.

Schmidt schüttelte den Kopf.

»Tja, wir wissen jetzt auch warum, Herr Lüders. Wir müssen Sie jetzt leider beide in die Polizeiinspektion Stade mitnehmen. Haben Sie eine Möglichkeit, die Kinder in der Zwischenzeit unterzubringen?«

Lüders' Wut war schnell wieder verschwunden und er nickte. »Ich rufe meine Schwiegermutter an.«

Eine Viertelstunde später klingelte es an der Tür und Heike Lüders' Mutter holte ihre Enkel ab, die bereitwillig der Großmutter folgten.

Im Vernehmungsraum der Polizeiinspektion wiederholte Heike Lüders ihre Aussage und sah ihrem Mann dabei direkt in die Augen. Aber er konnte ihrem Blick nicht standhalten und sah zu Boden. Schweigend hörte er zu.

»Du hast gedacht, ich bekomme nichts mit von deiner Liebschaft mit dieser Gesa. Für wie blöd hältst du mich eigentlich? Zum Telefonieren bist du oft rausgegangen, du hast versucht, so leise wie möglich zu sprechen, damit ich ja nichts verstehen konnte. Dann die vielen Fortbildungen und Besuche bei deiner Oma, beides hast du früher kaum gemacht. Vor ein paar Wochen konnte ich nachts mal wieder nicht schlafen und bin in die Küche gegangen, um was zu trinken. Da hab ich dein Handy neben der Spüle liegen gesehen, doch es waren nur Telefonnummern von deinen Kollegen verzeichnet, dazu die Whatsapp-Chats mit ihnen und mit mir. Mir ist dann eingefallen, dass du noch mit einem anderen Smartphone telefoniert hast. Das habe ich in deiner Jackentasche gefunden. Zum Glück hattest du dieselbe PIN eingerichtet – deinen Geburtstag – und da konnte ich es sehen: Es gab nur einen einzigen Kontakt und zwar zu dieser Gesa. Es war furchtbar zu lesen, was ihr euch da geschrieben habt. Jetzt wusste ich mit Gewissheit, was ich schon so lange vermutet hatte.«

Sie schwieg für einen Moment und schaute ihren Mann eindringlich an. Er hob nur kurz seinen Blick, sah dann aber wieder auf den Boden.

»Fahren Sie fort.« Schmidt wurde langsam ungeduldig.

»Immer nachts, wenn du geschlafen hast, habe ich die neuen Nachrichten gelesen. Ich wusste einfach nicht, was ich machen sollte. Das alles war wie ein böser Traum, aus dem ich irgendwann erwachen würde, und dann wäre alles so wie früher. Gleichzeitig habe ich gehofft, dass du von selbst zur Vernunft kommst und alles beendest. Ich konnte nicht mit dir darüber reden, denn dann wäre ja alles wahr gewesen. Und du hättest mir vielleicht gesagt, dass du wirklich gehen willst.«

Noch einmal hielt Heike Lüders inne und schluckte. Jetzt sah sie die MoKo-Leiterin an und fuhr fort: »So habe ich von dem Hotel und den Plänen der beiden erfahren. Und dass sie sich Anfang Mai in Hamburg treffen wollten. Die zwei haben den Tag genau geplant, auch aufgeschrieben, mit welcher Fähre sie von Lühe nach Schulau übersetzen und zu welcher Uhrzeit sie wieder zurückfahren würde. Mir hat Malte erzählt, dass er an dem Tag eine Fortbildung hat. Ich wusste aber genau, dass das eine Lüge war. Das hat mich so wütend gemacht! Da war mir klar, dass ich sie auf dem Parkplatz abfangen und mit ihr reden musste.«

Heike Lüders suchte in ihrer Hosentasche nach einem Papiertaschentuch und putzte sich die Nase. »Sie hatte Malte geschrieben, dass sie um sieben in Lühe ankommen würde. Meine Mutter war bereit, auf die Kinder aufzupassen, und ich bin um kurz vor sechs von zuhause losgefahren. Beim Aussteigen habe ich dann aber gesehen, dass sie die Fähre mit einem Mann verließ. Sie gingen zum Parkplatz, auf dem auch mein Auto stand und er ist bei ihr eingestiegen. Irgendwie war ich irritiert. Hatte sie noch einen Lover? Dann bin ich ihnen bis zu dem Haus in Grünendeich gefolgt, vor dem er ausgestiegen ist. In dem Moment habe ich sie auf dem Handy angerufen. Die Nummer kannte ich ja. Ich habe ihr meinen Namen gesagt, und dass ich über ihre Beziehung zu meinem Mann Bescheid wusste. Ich wäre ganz in der Nähe und müsste unbedingt mit ihr reden. Sonst würde ich ihrem Mann alles erzählen. Ich schlug als Treffpunkt den Parkplatz Sandhörn an dem Anleger zur Fähre nach Lühesand vor.«

»Wie spät war es da?«, fragte die MoKo-Leiterin.

Heike Lüders runzelte die Stirn und dachte kurz nach.

»Das war so gegen acht. Ich bin einfach hinter ihr hergefahren. Am Parkplatz sind wir ausgestiegen und sind über den Deich zum Anleger hinuntergegangen. Ich habe sie angefleht, Malte in Ruhe zu lassen. Ich hatte diesen Platz gewählt, um ihr zu beweisen, dass Malte zu uns gehört, denn wir verbringen öfter mit den Kindern das Wochenende auf Lühesand. Das sind immer wunderschöne Ausflüge, die uns als Familie richtig gut tun. Sie war aber nur genervt und meinte, es sei zu spät. Sie würden sich lieben und wollten ihre Zukunft miteinander verbringen. Das Hotel hätten sie schon fast gekauft. Malte wollte jetzt mit mir reden. Da bin ich so wütend geworden und habe sie geschubst. Sie war so überrascht, dass sie einfach hintenüber auf den Boden gestürzt und dort liegen geblieben ist. Ich hab sofort gesehen, dass ausgerechnet dort, wo sie hingefallen ist, Steine auf dem Boden lagen. Die hatte ich vorher nicht bemerkt.«

Für einen Moment schloss sie die Augen, bis sie mit tonloser Stimme fortfuhr.

»Ich war zuerst wie gelähmt. Konnte keinen klaren Gedanken fassen. Dann habe ich sie an der Schulter gerüttelt, aber sie hat sich nicht mehr gerührt. Da wusste ich, sie ist tot. Sie war mit dem Hinterkopf genau auf einen Stein gefallen. Ich hab das Blut auf dem Boden gesehen. Ich war so verzweifelt! Ich hatte sie doch nicht umbringen wollen. Was sollte ich tun? Sie musste verschwinden! Ich habe ihre Arme geschnappt und sie auf die Wiese gezogen. Das Gras war ziemlich hoch und sie war kaum noch zu sehen.«

Heike Lüders holte tief Luft. »Dann bin ich zu meinem Auto zurück und schnell nach Hause gefahren. Ich weiß gar nicht, wie ich das geschafft habe, ich wusste nur, ich muss heim. Als ich kam, war Malte schon da, und ich habe Malte alles gesagt.«

Danach sah sie kurz ihren Mann an und blickte zu Boden.

Wie an diesem Abend übergibt sie die Verantwortung an ihren Mann ab, dachte Gisela Schmidt.

Es stimmte. Ungefragt fuhr er fort: »Ich stand richtig unter Schock. Als ich vom Treffen mit Gesa nach Hause kam, war meine Schwiegermutter Helga da und erzählte mir, dass meine Frau noch mal weg musste. Sie ist dann gleich los und ich saß da und wusste nicht, wo Heike war. An ihr Handy ist sie nicht gegangen. Dann stand sie völlig aufgelöst in der Tür und ich habe eine Weile gebraucht, bis ich überhaupt verstanden habe, was passiert war. Gesa war tot und ich war an allem schuld.«

Er schloss die Augen und schluckte. »Da wusste ich, ich musste Heike schützen, das war ich ihr schuldig! Niemand durfte erfahren, was passiert war. Gesas Leiche musste verschwinden. Und ihr Auto stand noch auf dem Parkplatz beim Imbiss. Da war auch noch ihre Handtasche mit dem Handy, das wir für unsere Gespräche genutzt haben. Das musste ich unbedingt holen. Also habe ich Heike eine Schlaftablette gegeben und gewartet, bis sie eingeschlafen war. Dann habe ich mich auf den Weg zum Anleger an der Elbe gemacht.

»Wie spät war es da?«

»Gegen zehn. Es war bereits dunkel, als ich den Platz am Fähranleger erreichte. Gesas Auto stand noch dort. Ich bin direkt zum Anleger runtergefahren und habe mit der Taschenlampe die Wiese abgeleuchtet. Ich musste nicht lange suchen und war doch ziemlich erschrocken, als ich sie da liegen sah. So blass und kalt, ihre offenen Augen schienen mich vorwurfsvoll anzustarren. Vor wenigen Stunden hatte ich sie noch in meinen Armen gehalten, sie war so lebendig und lebensfroh gewesen! Eigentlich wollte ich sie in der Elbe versenken, ganz hinten am Steg. Von dort würde sie mit der Flut in die Fahrrinne gezogen und weit abgetrieben. Aber das habe ich nicht übers Herz gebracht. Ich konnte sie aber auch nicht auf der Wiese liegen lassen. Also habe ich die Beifahrertür meines Autos geöffnet und auf dem Sitz ein Duschhandtuch ausgebreitet, das ich für den Schwimmunterricht immer auf der Rückbank habe. Ich habe sie zum Wagen getragen und bin mir ihr zu ihrem Auto hoch auf den Parkplatz beim Imbiss gefahren. Das hat mir einen ganz schönen Stich versetzt. Wenn ich den Golf sonst gesehen habe, war ich immer in freudiger Erwartung auf unser Treffen. Jetzt war das alles vorbei.«

»Was haben Sie dann gemacht?«

»In der Tasche ihrer Strickjacke habe ich den Autoschlüssel gefunden und die Handtasche aus dem Wagen genommen. Danach habe ich mit einem Taschentuch die Autotür abgewischt und den Wagen wieder abgeschlossen. – Nur, wo sollte ich jetzt mit ihr hin? Ich bin unschlüssig durch die Gegend gefahren. Es war nicht mehr ganz so dunkel, denn inzwischen war der Mond aufgegangen. In Jork habe ich mich an einen Weg erinnert, der in die Apfelplantagen führt. Dort waren wir schon einmal zusammen gewesen. Das war kurz nachdem wir beschlossen hatten, zusammen ins Alte Land zu ziehen. Wir hatten einen Picknickkorb dabei und sind durch die Baumreihen spaziert. Sie hatte bestimmt, wo wir zwischen zwei wunderbar blühenden Apfelbäumen unser Lager einrichten sollten. Im Licht der Autoscheinwerfer habe ich die Reihe wiedergefunden, Gesa aus dem Wagen geholt und bis zu dem Platz getragen, an dem wir damals gesessen hatten.«

Lüders machte eine Pause.

»Da habe ich sie dann hingelegt und in der Umgebung noch ein paar Wiesenblumen für sie gepflückt. Ich bin noch eine Zeit dort geblieben, um mich von ihr zu verabschieden. Irgendwann bin ich dann zurück nach Bremervörde gefahren, ich habe aber keine Ahnung, wie spät es da war.«

Mit gequältem Gesichtsausdruck sah Malte Lüders aus dem Fenster. »Das ist alles wie ein schrecklicher Albtraum.«

»Was haben Sie mit den Sachen von Frau Renken gemacht?«

»Die habe ich noch am Abend in die Mülltonne geworfen. Am nächsten Morgen wurde sie geleert.«

Schmidt schaute ihn ernst an. Dann blickte sie zu seiner Frau. Sie schwieg einen Moment, bevor sie sich eindringlich an Heike Lüders wandte. »Haben Sie Frau Renken wirklich nur geschubst oder haben sie, als Frau Renken wegging und Ihnen den Rücken zukehrte, einen Stein vom Boden aufgehoben und ihn mit aller Kraft gegen ihren Hinterkopf geschlagen?«

Heike Lüders reagierte entsetzt. »Nein, so war es wirklich nicht! Ich habe Ihnen die Wahrheit gesagt. Das wäre ja Mord gewesen!«

Matthes blickte Heike Lüders forschend an und fragte: »Haben Sie den Granitstein, auf den Frau Renken mit dem Kopf gefallen ist, auf den Steinhaufen zurückgelegt?«

Die Frau des Lehrers sah den Ermittler verständnislos an. Er wiederholte die Frage. Sie schüttelte den Kopf. »Nein, ganz bestimmt nicht.«

Schmidt wandte sich an Malte Lüders: »Haben Sie den Stein, auf den Gesa Renken gestürzt ist, aufgehoben und auf den Steinhaufen gelegt? Und hatten Sie dabei Handschuhe an?«

Lüders gab das unumwunden zu. Er erklärte, er habe den bewussten Stein im Licht seiner Taschenlampe schnell gefunden und auf den Steinhaufen geworfen.

»Mir ist später erst klar geworden, dass das eine völlig sinnlose Handlung war. Ich kann sie mir auch schlecht erklären. Vielleicht wollte ich den Stein nur finden, um ihn wegzuwerfen, weil er mir Gesa genommen hatte. Nachdem ich am Fähranleger angekommen war, habe ich Einmalhandschuhe angezogen. Ich hab immer welche Handschuhfach. Ich hatte Scheu, die tote Gesa mit bloßen Händen wegzuschaffen. Es mag verrückt klingen, aber es war so.«

Nachdem das Ehepaar abgeführt worden war, wandte sich Matthes an seine Vorgesetzte.

»Warum haben Sie Frau Lüders gegenüber behauptet, dass wir Abdrücke von den Reifen beider Autos auf dem Parkplatz gefunden hätten? Das stimmte doch gar nicht.«

Die MoKo-Leiterin lächelte. »Das kam mir so in den Sinn. Ich war überzeugt, dass sie die Täterin war.«

Matthes sah sie nachdenklich an. »Wenn die Aussagen stimmen, ist Frau Lüders keine Mörderin. Das, was da an der Elbe so tragisch geendet hat, war ein Unglück, das Heike Lüders weder vorausgesehen noch gewollt hat. Dennoch wird sie sich vor Gericht für den Tod von Gesa Renken verantworten müssen.«

Schmidt nickte. »Dann hatten wir einen Einsatz der Mordkommission ohne Mord. Wobei ich mir nicht ganz sicher bin, ob Gesa Renken nicht doch nicht aus dem Affekt heraus getötet worden ist. Sie wusste von der Beziehung und hat eine längere

Zeit die Zukunftsplanung der beiden verfolgt. Das muss sie sehr gekränkt und eine ohnmächtige Wut in ihr ausgelöst haben. Als sie die Geliebte ihres Mannes zur Rede stellen wollte, muss sie doch damit gerechnet haben, dass diese nicht darauf eingeht. Da könnte sie durchaus geplant haben, ihre Konkurrentin aus dem Weg zu schaffen.

Die MoKo-Leiterin seufzte. »Aber wie auch immer. Darüber hat das Gericht zu entscheiden. Es war eine gute Zusammenarbeit mit Ihnen und den Kollegen. Ich finde, das ist ein guter Ausblick auf unsere gemeinsame Zukunft!«

Matthes lächelte und nickte. Wie konnte er auch anders.

Freitag 15. Juni

In der Kulturkneipe wurde sie bereits von Peter Köster und seinen Musikern erwartet. Er begrüßte sie herzlich und stellte sie allen als seine Kollegin vor, mit der er einige Zeit zusammengearbeitet hatte. Der Wirt servierte ihnen Flammkuchen und ein Bier.

Nachdem sich die Tische gefüllt hatten, nahmen die Musiker ihre Plätze auf der Bühne ein. Pit, der Schlagzeuger, gab den Rhythmus vor, Paul und Jürgen setzten nacheinander mit Gitarre und Bass ein. Jochens warme, rauchige Stimme sang Eric Claptons »Alberta«, im Duett mit Peters Saxophon.

Gisela hörte fasziniert zu. Es war das erste Mal, dass sie seine Band hörte. Sie erinnerte sich an die Radtouren mit ihm an der Hamme und nach Kuhstedtermoor, bei denen sie den Blues wiederentdeckt hatten. Wie damals hielt es sie nicht mehr auf ihrem Sitz und sie begann zu tanzen.

Epilog

Nach ihrer Aussage brach Heike Lüders zusammen. Sie wurde in ein forensisch-psychiatrisches Krankenhaus überstellt und erst einmal medikamentös behandelt. Nachdem sie endlich wieder schlafen konnte, bot ihr die Klinikpsychologin regelmäßige Gespräche an, auf die sie sich auch einließ.

Ein halbes Jahr später fand ihr Gerichtsprozess in Stade statt. Die Anklage lautete auf fahrlässige Tötung. Der psychiatrische Gutachter diagnostizierte aufgrund der schweren depressiven und angstneurotischen Störung von Heike Lüders eine verminderte Schuldfähigkeit. Sie wurde zu einer hohen Geldstrafe verurteilt. Der von ihr verschuldete Tod von Gesa Renken lastete aber weiterhin auf ihrem Gewissen.

Malte Lüders geriet selbst in eine schwere psychische Krise. Er hatte mit heftigen Schuldgefühlen zu kämpfen, für Gesa Renkens Tod und die Bestrafung seiner Frau verantwortlich zu sein. Dazu hatte er mit seinem Handeln Gesas Kindern die Mutter genommen. Er war lange krankgeschrieben und sein Hausarzt hatte ihn an einen psychologischen Psychotherapeuten überwiesen. In der ersten Zeit nach dem Gerichtsprozess kümmerte sich seine Schwiegermutter um den Haushalt und half bei der Kinderbetreuung. In seiner Behandlung wurde dem Lehrer langsam bewusst, dass er sich seit Beginn ihrer Ehe für die wachsenden psychischen Probleme seiner Frau verantwortlich gefühlt hatte und sie vor allen Unbilden des Lebens schützen wollte. Damit konnte er auch besser verstehen, warum er sich in die lebensfrohe und selbstbewusste Gesa Renken verliebt hatte. Er engagierte eine Haushaltshilfe und begann wieder zu unterrichten. Seine Frau suchte sich eine eigene Wohnung und begann selbst eine psychotherapeutische Behandlung. Nach einiger Zeit kehrte sie erst einmal für einige Wochenstunden in ihren alten Beruf als Bibliothekarin zurück. Die Kinder verbrachten ihre Wochenenden abwechselnd bei Mutter und Vater.

Ole Renken schien den Tod seiner Frau äußerlich gut zu verwinden. Er verkaufte das Café seiner Frau und stellte Nora Matthies als Haushaltshilfe an. Gleichzeitig reduzierte er seine Arbeitszeit bei Airbus, um mehr Zeit mit seinen Kindern verbringen zu können. Diese litten lange Zeit sehr unter dem Verlust der Mutter. Sie waren oft zu Besuch bei ihren Großeltern in St. Jürgen und fühlten sich dort wohl.

Die Prostata-OP und anschließende Behandlung von Gisela Schmidts Bruder verlief erfolgreich. Er suchte sich anschließend eine Wohnung in Hamburg und fand eine Stelle als Kunstlehrer an einer Gesamtschule. Manchmal begleitete er seine Nichte auf ihren Besuchen zu Gisela nach Stade. Doch noch häufiger brachte Katrin ihren Mitbewohner Lukas mit.

Bevor die Saison zu Ende ging, unternahm Gisela einen Segeltörn mit Gerd Matthes auf der Elbe. Sie sah hinauf in das Segel, das in der Abendsonne flatterte und genoss den Fahrtwind. Sie schloss die Augen.

Krimi-Bestseller von Christa Picard

Mord im Moorexpress

192 S., TB, 9,90 Euro
ISBN 978-3-95494-139-1

Gerade hat der Moorexpress seine letzte Saisonfahrt vom Weihnachtsmarkt in Stade nach Osterholz-Scharmbeck beendet, da entdecken die Eisenbahner in ihrem Zug einen Toten. Die Mordkommission steht vor einem Rätsel: Bei dem Opfer, einem älteren, gut gekleideten Herrn, finden sie keine Hinweise auf seine Identität. Niemand hat etwas von dem Mord mitbekommen. Die Ermittler machen sich auf die Suche nach den Mitreisenden. Einer von ihnen muss der Mörder sein …

Ein kniffliger Fall für Kommissar Peter Köster, Gisela Schmidt und ihr Team. Und dann ist da noch dieses Tagebuch einer jungen Frau aus dem Jahr 1943. Die Spuren führen ins Teufelsmoor …

Der Krimi handelt in nahezu allen Orten an der Moorexpress-Strecke: Bremen – Osterholz-Scharmbeck – Gnarrenburg – Worpswede – Bremervörde – Stade.

Verschollen im Teufelsmoor

184 S., TB, 9,90 Euro
ISBN 978-3-95494-176-6

Der Kommissar ist frisch aus dem Urlaub zurück, als Sonja Brünjes ihre Mutter vermisst meldet. Aber ist sie wirklich vermisst oder mit der neuen Liebe durchgebrannt? Als sie nach einer Woche nicht wieder zur der Arbeit erscheint, fangen die Osterholzer Kommissare mit ihren Ermittlungen an. Die Vermutung liegt nahe: Sonja ist nicht freiwillig untergetaucht.

Die Spuren führen ins Teufelsmoor, wo die Polizei in den Resten einer frisch abgebrannten Moorkate einen Schuh und eine Haarbürste der Vermissten findet. Doch welche Rolle spielen die Russen-Mafia, ein verschollenes, wertvolles Gemälde aus der NS-Beutekunst und die Bremer Spedition Spreewald und Schraube?

Ein weiterer kniffliger Fall für Kommissar Peter Köster, Gisela Schmidt, Leiterin der Verdener Mordkommission, und ihr Team.

Moorblues

192 S., TB, 9,90 Euro
ISBN 978-3-95494-199-5

Ein Steuerberaterpaar zieht mir seinen Kindern auf einen alten Bauernhof. Bei Umbauarbeiten wird eine Moorleiche entdeckt. Wer ist der gut aussehende, bärtige Mann mit den roten Haaren und wer ermordete und vergrub ihn vor mehr als zehn Jahren im Teufelsmoor? Kommissar Köster hat gerade den Blues wiederentdeckt, als er zusammen mit Gisela Schmidt und der Osterholzer/Verdener Mordkommission mit den Ermittlungen beginnt. Diese führen weit zurück in die Lebensgeschichte der Vorbesitzer des Hofs und hinaus auf die Weltmeere. Welche Rolle spielte der Seemann Hans, in den die Bauersfrau anscheinend verliebt war, und was passierte wirklich auf dem Kreuzfahrtschiff der Carmen-Cruises im Mittelmeer?
Der Blues in seinen verschiedenen Schattierungen begleitet die Aufklärung dieses schwierigen Falls.

Fantasy von Marieke Picard

Druidenkind

Das Geheimnis von Winterhill

Fantasy-Roman,
ab 12 Jahren
236 Seiten, 12,90 Euro
ISBN 978-3-95494-159-9

Julinda und die magische Eiche

Worpswede-Fantasy für Kleine und Große

Fantasy-Roman, ab 9 Jahren
236 Seiten, 12,90 Euro
ISBN 978-3-95494-159-9

Nach dem Tod ihres Vaters beginnt die sechzehnjährige Caily ein neues Leben in einer Pflegefamilie im irischen Norden. Schon bald wird ihr klar, dass die O'Toolans etwas vor der Welt verbergen. Sie benehmen sich seltsam. Warum interessieren sie sich so sehr für Cailys Träume? Und wieso hat das alte Anwesen mit seinem Steinkreis so eine starke Wirkung auf sie? Zum Glück hilft ihr Liam, der leibliche Sohn der Familie, diese Geheimnisse zu enthüllen. Obwohl sie sich kaum kennen, besteht eine seltsame Verbindung zwischen den beiden. Caily erkennt, dass in ihr eine Kraft schlummert, die die O'Toolans für ihre Zwecke nutzen wollen. Auch die Familie ihrer Mutter tritt plötzlich in Erscheinung – sie hat es ebenfalls auf ihr magisches Potenzial abgesehen. Alle wollen Caily. Denn sie könnte das Machtgefüge zwischen den verfeindeten Familien deutlich verändern. Wem kann sie trauen und wie weit muss sie gehen, um nicht in die falschen Hände zu spielen? „Kannst du dich wirklich in eine Eule verwandeln?" Ich sagte es leise. Es klang so unglaublich, so unmöglich, dass ich erschrocken war, mich selbst zu hören. Er beugte sich mit verschwörerischer Miene vor und sah mir dabei in die Augen. Mein Herz galoppierte. „Ja", flüsterte er. Mehr nicht. Dann grinste er spöttisch.

**Die Winterhill-Saga, Band 1:
Eine neue spannende Fantasy-Welt.**

Julindas Eltern gehen für ein ganzes Jahr auf Forschungsreise. Zum Glück kann sie bei Oma Erika in Worpswede wohnen. Hier lässt es sich gut aushalten, denn Oma ist einfach die Beste! Und Julindas Freundin Leonie wohnt gleich nebenan.

Aber warum hat Oma plötzlich einen namenlosen Kater? Und was hat es mit dem seltsamen Ölgemälde auf sich, das in Omas Werkstatt steht und plötzlich in Julindas Zimmer auftaucht? Erst wird es merkwürdig und dann auch noch brenzlig…

Denn Julinda erwartet eine große Aufgabe und ein wahres Hexenabenteuer! Aber sie ist nicht allein: Sie bekommt zwei- und vierbeinige Hilfe!

Ein magisches Abenteuer aus Worpswede!

Skurrile Unterhaltung von Andreas Mundt

Der vergessliche Fisch

Eine merkwürdige Geschichte aus den Wümme-Wiesen

148 S., TB, 10,90 Euro
978-3-95494-218-3

Aufstieg und Fall einer dörflichen Weltreligion: In Heuwede, einem Ort zwischen Fischerhude und Quelkhorn, lebt der Landwirt Harmsen, dem eine kräftige Ladung Wildkraut-Ex in den Karpfenteich des Bürgermeisters gerät. Und leider sind ihm auch noch Dämpfe von dem Zeug in das Hirn gezogen. Kurz darauf hört Knut zum ersten Mal die Stimme des Fisches. Ein Ereignis, das sich als eine religiöse Offenbarung erweist und nicht nur das Dorfleben gehörig durcheinander bringt.
Neben Knut und dem Karpfen sind auch dabei: ein atheistischer Bischof, eine fast echte Prinzessin, ein fetter Kater mit Blähungen, drei geheimnisvolle Veganerinnen und viele mehr.

Hühnerhorst

Eine seltsame Reise ans Nordkap

148 S., TB, 9,90 Euro
978-3-95494-146-9

Eigentlich war es seine Frau, die sich am Nordkap die Polarlichter ansehen wollte. Doch die hatte es zu Lebzeiten nicht geschafft. Woran Horst nicht ganz unschuldig war. Also macht er sich auf den Weg. Stellvertretend sozusagen. Und weil er die beiden Hühner Helene Fischer und Renate nicht alleine zurücklassen kann, nimmt er sie einfach mit. Und weil das Auto gerade kaputt ist, fahren die drei mit dem alten Mofa los. Werden sie ihr Ziel erreichen? Gibt es in Schweden wirklich fliegende Toilettenhäuschen oder gefährliche Kaninchen? Was haben der Papst und Königin Silvia in dieser Geschichte zu suchen?

Kauzig, komisch, kurios!

Elvis & Jesus

Von Schweinen und Menschen

140 S., TB, 9,90 Euro
978-3-95494-174-2

Elvis lebt!
Kurt Cobain auch.

Und Merle Speckmann, eine vegetarische Schweinemästerin, hat ein Problem: Sie muss ein altes Schwein nach Pig Island ans andere Ende der Welt bringen.

Zum Glück bekommt sie Hilfe von einem ehemaligen Rockstar, einem eingebildeten Heiligen und weiteren Freunden.

Der Roman von Andreas Mundt bietet wie gehabt beste Unterhaltung für Leute mit skurrilem Humor.

Ein Fisch im Urwald

Unglaubwürdige Geschichten

204 S., TB, 14,90 Euro
978-3-95494-121-6

Wenn man am frühen Morgen beinahe in ein schwarzes Loch tritt, kann einem der Tag ziemlich durcheinandergeraten. Aber das bedeutet weiter nichts, denn Menschen sind zuweilen bloß Tiere und manchmal aus Holz. Wir begegnen einer tanzenden Kuh und einer Elfe aus Porzellan. Außerdem erfahren wir, wie leckere Plätzchen für Aufruhr und Krawall sorgen können. Und plötzlich bleibt die Zeit stehen.
Die Erzählungen in diesem Buch sind bunt und skurril – fantastisch und sonderbar – verblüffend und absurd
... und natürlich unglaubwürdig.